新 潮 文 庫

生きてるだけで、愛。

本谷有希子著

新 潮 社 版

8641

目次

生きてるだけで、愛。

生きてるだけで、愛。

　女子高生の頃、なんとなく学校生活がかったるいという理由で体中に生えてるあらゆる毛を剃《そ》ってみたことがある。髪の毛、眉毛《まゆげ》、脇毛《わきげ》、陰毛。まつげと鼻毛はさすがに無理だった。でもツルツルになって鏡の前に立ったあたしは長い手足と頭の形がきれいなお陰でこれが美だと言い通せばいけそうな気がしたんだけど、やっぱり親には泣かれたし、先生には怒られたし、友達には心配されたり見て見ぬふりをされたし、狂ってるとまで言われちゃったりなんかして、浮きまくった女子高生だった。

　でもそういうのってたとえば今こうやって、テレビでホットドッグの早食いに挑戦しているフードファイターにだって通じるところがあるんじゃないだろうか。優勝を目指してはいるけど、この人はきっと食事自体にもっと手応《てごた》えみたいなものがほしくて、ソーセージを抜き取ったパンを紙コップの水に浸して喉《のど》の奥に押し込んでいるに違いない。じゃなきゃなんで本国の威信を汚《けが》されたアメリカ人に「死ねジャップ！」とか中指立てられながら、こんなビショビショなパンなんか食べたいのよ？

とはいえ自らあみ出した必勝の食べ方を正確無比に繰り返す男の表情を見ていると、別に食べなくてもいいホットドッグが消化される以外になんの意味があるのか分からなくなってきて、あたしは気づくとテレビの電源を切ってしまっていた。

静かになると、部屋の中は外を走る車の音とエアコンが吐き出す乾いた送風の音しかしなくなって、少しだけ耳が物足りない。リモコンを使って三十度まで室温を上げた途端、機械が息をつまらせたみたいに送風を止め、シュゴーとおかしな音を吹き出して死んだ。どういう仕組みなのかエアコンというものは高すぎる温度を要求すると、止まることになっているらしい。仕方がないので設定を二十七度まで落として、ベッドに潜り込む。風量を「弱」にしたら、ようやくそろそろと息を吹き返し始めた。

ここ二十日間でずいぶんいろんな種類の番組を観《み》たな、とあたしは毛玉まみれの電気毛布を肩まで引っ張り上げる。でもそれだけ観た中ではっきり記憶しているものなんかほとんどなくて、唯一《ゆいいつ》よく覚えているのはあれだ。何日か前にベッドの上で半眼になりながらテレビのリモコンを適当にいじっていた時に出会った、葛飾北《かつしかほく》斎《さい》の『富嶽《ふがく》三十六景』について追究する番組。

これでもデザインの専門学校に通っていたこともあったから、なんとなく気になってチャンネルを変えずに観ていたら教科書なんかで一番よく見かける「虚空《こくう》に爪《つめ》を突き立てるような荒々しい波が富士山を背景にザッパーン！」ってあの画《え》が現代科学でいろいろと検証され始めて、最終的に五千分の一秒のシャッタースピードで撮った写真が画の構図と寸分違《たが》わなくて奇跡！　という結果が出たのだ。

並べられれば確かにその写真と三十六景の画は、お互いをトレースし合ったかのように同じ富士山の色合い、同じ波の形、飛び散るしぶきの数まで一緒。知らずに見れば間違いなく合成だと思うほどそっくり。もちろんそんなファンタスティックな奇跡を起こしたのはその写真を撮った人じゃなくて、はるか昔に肉眼で五千分の一秒の光景を画に残してた天才葛飾北斎なんだけど。

でも現代科学の技術でようやく捉《とら》えられたその一瞬を、江戸時代の北斎が肉眼で

「あ、やべえ！　俺、今すごいクールな波見えたよ！」とかって筆を走らせたはず

もないから、やっぱりあの画は彼の頭の中で想像して描いたものなんだろう。たまたま奇跡的な確率で現実が想像に追い付いちゃったってだけで。でもその並んだ二枚の富士山景を見れば見るほど、ただの偶然って言葉で片付けてしまうにはあまりにも一致しすぎていて、とりあえずあたしはそこに説明できない何かがあったんだと思わずにはいられない。

だからこう考える。

きっと「ザッパーン！」の瞬間は北斎にとって脳細胞がしびれるくらい強烈で鮮烈な刺激だったのだ。ドーパミンがドバドバあふれてきちゃって、本当なら見えるはずのない光景がビガーッと脳裏に焼き付いたに違いない。

何年か前に富士急ハイランドへ遊びに行った時、レンタカーの窓から実物の富士山を眺めたことがある。しかし残念ながらその景色はあたしの脳髄を直撃し、未知なる感覚を引き出してくれたりはしなかった。少なくとも自分にとってはその後に乗ったジェットコースター『ドドンパ』の時速一七二キロの方がよっぽど刺激的。

でもきっとあたしにはあたしの別の富士山がどこかにあるってことなんだろう。

あたしは一ヶ月前、バイト先のスーパーで一緒に働いていた男に気安くデートに誘われて、「こんな冴《さ》えないやつにすらなんとかなるかもと思われてるんだ」と思った瞬間から、鬱《うつ》に入った。

もうこれで何度目になるのか分からない。鬱の始まりと終わりなんてはっきりとはカウントできないのでまあ曖昧《あいまい》っちゃ曖昧だけど、でも今回のはそれなりに大波が来たなという手応えがあった。たぶん男がからし色のセーターにからし色のコーデュロイパンツを平気で合わせる人間で、ストッキングをかぶっているような顔をしていたので余計だったと思う。

それでもこの悪い波にのみ込まれまいと言い聞かせて、あたしは時給九百円のスーパーに通い続けた。なのにずっとその男のことが好きだったとかいう総菜部の獅《し》子《し》唐《とう》の素揚げみたいな女が何をどう勘違いしたのかあたしに恨みをいだいたせいで、せっかく穏便に済ませようとしていた事態がややこしくなったのだ。ロッカーにしまってある名札には油性マジックで「死ねヤリマン」なんて類《たぐい》のメッセージが残されるようになった。なくしたと言って新しいバッジをもらっても、ちょっと目を離した隙《すき》に「死ねマン」とか書いてあって、これはいくらなんでも略しすぎだろうとは思ったけど、わざわざ犯人を追及する気にもなれないので放っておいた。

すると業《ごう》を煮やしたらしい素揚げはあたしが女子更衣室で着替えているところに鼻をぐずぐず言わせながらやって来て、「ごめんねー。花粉症がひどくてー」と謝ったあと、変なくしゃみを連発するという嫌がらせを始めたのだ。その変なくしゃみにまぎれて「死ねー」という言葉が微妙に発されているのを知った時、あまりのくだらなさにあたしの心はとうとう折れ、主任にバッジを家に忘れてきましたと言い逃れなきゃいけないことやストッキング男と隣のレジにならないように気をつけたりすることの何もかもが嫌になって、「お前らの安い恋のトライアングルに勝手に巻き込むんじゃねえよ」と怒鳴って怒られて、あたしはバイトをクビになった。

「寧子《やすこ》、起きてる？」

扉をノックされて、窓側に向けていた顔だけを軽くベッドの中で動かした。うつぶせが基本寝相のあたしは、胸を潰《つぶ》さないように左手を首の下あたりに置いているせいで、起きた時その手だけがしびれている。仰向けに寝る子供だったらDカップも夢じゃなかったんじゃないの、なんてたまに思うけどこればっかりは今さら手の打ちようがない。

同棲《どうせい》相手がこうして部屋から出てこなくなるのは季節の変わり目くらいによくあることだからなのか、津奈木《つなき》はまったく心配しておらず、仕事から帰って来た時と寝る前、あとはなんやかやとこうしてドアを叩《たた》いていくのが決めごとのようになっている。ノックは必ず二回。かける言葉も馬鹿《ばか》の一つ覚えみたいに同じで、

「出てきたら」

ほらまたこの一言だ。おい、お前は文章にたずさわってメシ食ってんだろうが、なんで自分の彼女に一番楽してんだよ、もっとちゃんと言葉考えてどうにかしろよ、実家貧乏なくせに、とそのあからさまな手抜き加減に腹が立つものの長い言葉をしゃべる気にもならず、あたしは「うるさい。起こすな」と返すだけにしておいた。暖房を付けっぱなしにしたまま寝ているせいで自分でも驚くほど野太い声が出る。

津奈木は今日もドアの前からあっさり立ち去り、廊下の先にあるトイレに入った。放尿ついでに心配しやがって。薄目をあけた視線の先に、汚い床で埃《ほこり》をかぶってい

た安部公房全集第二巻を見つけたあたしは、それを思いきりドアにぶつけてやろうかと考える。

あの馬鹿は本をものすごく大切にする人間だから、きっと「やめろよ〜！」とひげをからかわれたおかまみたいな声を出すだろう。あたしは本なんてバッグの中に入れて持ち歩いて帯とかもぐしゃぐしゃにするタイプの女で、こんなもん駄目になろうがどうでもいい。小説なんかナルシストが読むもんだ。前にSF小説にチャレンジして二ページで諦《あきら》めた時にそう言ったら、津奈木は「何それ」と驚いていた。確かに自分でも言ってて意味がよく分からないが、とにかく付き合って三年、あたし達は本に対する価値観の違いで何度も別れかけている。

トイレで水の流れる音が聞こえて、本をぶつけるなんて面倒なことをやめたあたしは目だけでドアを見張った。あのドアに鍵《かぎ》はしていない。そんな手間をかけていたのは鬱になってから最初の三日だけで、それ以降はノブさえ回せば誰でも入室可能になっているけど、津奈木がそのことに気づいている様子はない。

トイレから出てきた津奈木は居間には戻らず、「コンビニ」と声をかけて玄関を出て行った。流水音が終わりかけたところで、窓の外から一瞬だけ演歌が聞こえてくる。遮光カーテンの隙間を寝転んだまま見上げると、ガラスの向こうで空はのしかかって来るみたいに暗い。

セックスに持ち込んでそのままずるずる転がり込んだこの津奈木景《けい》のマンションはシンプルな造りの３ＤＫ、家賃は管理費込みの十二万五千円だ。新宿まで十五分という立地にしてはなかなか手頃な賃料の理由は環八付近に建っているからで、すぐ目の前を昼も夜もひっきりなしにタクシーや長距離トラックが体に悪そうな煙を吐いて走っている。しかもその上には首都高が雨よけみたいにきれいに伸びていて、我が家のベランダから観察すると、派手に装飾されたデコトラが上でも下でもビュンビュンぶっ飛ばされてんのが分かる。

このマンションはすべての階の1号室だけが道路に面するようになっている縦長の構造だ。３０３号室のあたし達の部屋はそれでいうとちょうど真ん中の位置にあって、一番騒音から離れて静かな３０５号室は家賃が二千円高いらしい。

一番広い部屋をリビング、もう一つの部屋を二人の寝室。残った陽の当たらないこの六畳間は本部屋という役割で、津奈木の所持している膨大な小説や漫画の収められた本棚が窓とドア以外の壁にぴっちりはめ込んであり、部屋を一回り小さくしている。本棚と天井の空間だって、収納の達人かよと思うくらい無駄なく活用してあるし、地震が起こった時のことなんかおかまいなしだ。

　しかも同棲するにあたってあたしが持ってきたテレビとかベッド等のダブった家具をこの部屋に運び込んだから、人が安らげるようなスペースはほとんどない。こんなに本をばんばん買ってジャンル分けもせず放り込んで、きっとあの男はここをSF的空間かなにかだと勘違いしているんだろう。

　でもあたしはしばらく誰とも顔を合わせたくないという理由で、バイトを辞めたのち、この異空間にもう二十日以上も閉じこもっている。弁当が食べたければ自分で買いに行くとはいえ、はっきり言って今のあたしは軽くヤバい。最近は鬱なんて言葉じゃ重いってことで「メンヘル」なんてかわいい呼び方をされてるけど、早い話が精神的に浮き沈みの激しい毎日を送っていますというわけだ。

　あたしは皺《しわ》が伸びて伸びて伸びきったツルツルの脳みそで、枕元《まくらもと》の時計の針が午後十一時半を指しているのを確認する。確か寝たのが朝の六時だったはずだから、さっきのノックで起こされて今はあれから十七時間半後？　異空間にいすぎたあたしはまさか一瞬で時空を超える能力を身につけてしまった？

過眠。メンヘル。二十五歳。

ベッドの中に持ち込んでいるノートパソコンを開き、三つのキーワードを爪の伸びきった人差し指だけ使って、たらたらとネットで検索する。ここまではがれたんだからいっそ全部きれいになくなってしまえばいいのにシャンパンピンクのマニキュアの一部がしつこくこびりついていて、あたしに女としての価値を問うてくる。

寝過ぎたせいで頭痛が地味に辛《つら》い。うめきながらバファリンを炭酸の抜けたコーラで飲んだあと、グラスをよく見ると黒い液体の表面にはリップクリームから溶け出した脂《あぶら》がテラテラ光って浮いていて、それだけで真冬の川に飛び込みたくなるほど気が滅入《めい》った。鼻の脇を小指で触る。同じようなギラつきがべったり付着して指紋を邪悪に艶《つや》めかせている。ああ、あたしの鼻からはがした毛穴パックを誰かに突き付けて不快な思いをさせてやりたい。

でももう三日も風呂《ふろ》に入ってないのは誰に抱かれるわけじゃなし、まあいい。七十一件の検索結果が画面に表示されたので、あたしはしけったポップコーンを口に放り込みながら、それらを読み流していく。

昨日は朝まで鬼畜な画像がただで見放題のエロサイトを発見して「人間なにがあ

ったらここまで堕《お》ちれるんだろう。っていうかあたしもハタから見ればいい勝負なのか」なんて思いつつ、どえらいことになっている女達を延々と鑑賞したんだっけ。セックスしてないな、そういえばもうずっと。まあ鬱でセックスしまくるやつもいないだろうけど、津奈木はもともと淡泊な男だし、あたしもあたしで生活を共にする相手って感じで今さらエロで盛り上がろうとか頑張る気にもなれない。

大体トイレでうなってる声がモンゴルの、高い音と低い音が同時に出るあのホーミーみたいな男にどうやって欲情しろっていうんだよ。腹が弱いという津奈木の便意の頻度は半端じゃなくて、たまにはデートしようとこじゃれたご飯屋で食べていても、店を出る前に必ず「ちょっとトイレ」と立ち上がって、あたしは待ちぼうけをくわされるはめになる。あまりに食べた直後なので「口から入れたものそのまま出ちゃってんじゃないの?」といつも思う。色気は生活に負ける。あたしは床の青い灰皿周辺に手を必死でまさぐらせてから、煙草《たばこ》を切らしていたことに気づいてベッドに撃沈した。津奈木の携帯にメールしとこう、とりあえず。

過眠症の人間達が集う掲示板に『今日も起きられませんでした。十七時間半爆睡! 鬱継続中でーす。死にたいぴょん（`0´）/』と書き込んでから、飲み物でも取ってこようとベッドを抜け出す。この掲示板に書き込むようになったのは自分と同じ悩みを持つ人間の仲間意識についつい引き寄せられてしまったからで、かなり最近のことだ。不眠症に対抗して、寝過ぎを「過眠症」と自分で勝手に呼んでいたつもりだったのに、みんな当然のごとく同じように使っていたのには驚いた。

一日中横になっているせいで、スプリングの部分に当たっている腰の骨がおかしい。もうちょっとだけ寝ようかななんて考えながらドアを開けると、すさまじい冷気が襲って来て、だらけきっていた全身の筋肉が一瞬で萎縮《いしゅく》した。

奇声を発し、慌《あわ》ててベッドに放り投げてあった膝掛《ひざか》けをショールにして羽織る。ヤフーニュースによると今年の冬は異常に寒いらしくて、暖房をがんがんに付けっぱなしにしている部屋からこうして一歩出るだけで、凍《い》てついた廊下に密着させた足の裏からあっという間に固まっていきそうになる。でも浮浪者はもっと寒いんだ。旭川の浮浪者なんか特に。夜中なんかマイナス四十度になるから眠りは死を意味する。そう言い聞かせてあたしは手早く台所の冷蔵庫を物色した。マーガリン、ねりわさび、ミツカン追いがつおつゆ、しぼんだ玉ねぎ、『滋養強壮・肉体疲労時の栄養補給に』ユンパミン七本……相変わらずろくなものがない。

歯をがちがち鳴らしながらペプシをグラスについでいると、コンビニ袋を提げた津奈木が居間に入ってきて「買ってきたよ、煙草」と声をかけてきたので、それには答えず「ペプシさあ、固く閉めすぎるのやめてマジで。開かないから」と、あたしは手のひらを眺めた。蓋《ふた》のギザギザが食い込んだせいで赤い線がペプシの歯形みたいに浮き上がっている。

「なんか食べる？　お弁当も買ってきたけど」

「ペプシ。やめてって言ってるんだけど。分かんない？」

津奈木は、あ、ごめん、と言いながらコンビニ袋を居間のこたつの上に置いた。前かがみになった拍子に首に巻かれていたチェックのマフラーの片端がべろんと肩から落ちる。外はそんなに寒いのか、津奈木の鼻から垂れた水が蛍光灯に反射して眼鏡のレンズと同じくらい光っている。

あたしは冷蔵庫の扉を100均で買ったマグネットが落ちるくらい思いきりたたき閉めて、気安く話しかけてくんじゃねえよ眼鏡、というアピールをしたが、日頃からそれに近い閉め方をしているせいで特に気にされた様子もなかった。グラスを持って居間に行き、コートを脱いでいる男の背中を見て、声を掛ける。

「ねえ、あんた手袋は？」

「うん？」

「手袋。してないの？」

「忘れてた」

津奈木は居間のソファに散らかる服のあたりを二秒間だけ目で探す素振りをしてみせた。それが「訊《き》かれた手前、探しました」という体裁なのが見え見えで、さっそく沸き上がってくる苛立《いらだ》ちを抑えることができずに「今日、外すごい寒いんだよね？」とあたしは強い口調で尋ねた。

「うん」

「なんでしないの？　あたしがあげた手袋あるでしょ。してよ」ああ、嫌だ。寝過ぎて気持ちがギスギスしている。

「分かった」

「分かったじゃなくて、今してってて」

「………」

津奈木はジーンズを脱ぎかけたまま少し考えたのち、ソファに溜《た》まった服の一番下から毛糸の手袋を見つけ、「今？」と短く訊いてきた。あたしは自分でも何をさせたいのか分からなかったが、もうあとにはひけないので「今」と急《せ》かす。

津奈木はぼんやりした顔つきで手袋をはめると、またもそもそと着替えに戻った。それであたしは侮辱された気分になってつい「ふざけんな！」と怒鳴ってしまう。

「……や、別にふざけてないけど」

「ふざけてるでしょ！　なんで家で手袋すんの？　おかしいじゃん！」

「しろって言ったから……」

「言ったから何」

「………」

「え、どういう意味があってするのかとか考えないの、あんた自分で」

「ごめん」

「そのごめんはどういう意味。何について謝ってんの？」

くそ、違う。こんなことが言いたいんじゃない。おかしな方向に話がずれている。この馬鹿があたしをないがしろにするからだ。あたしのことを適当にあしらうから。あたしはあんたが手袋をはめて「本当だ、何これ。あったかいわ。すごいね、寧子」って感謝されたいだけなのに、なんでたったそれだけの簡単なことがうまくいかないんだ？

「もういい」と言うと、津奈木は「うん」と手袋を外してソファにポンと投げた。今のやりとりをなんとも思っていないんだろう、心ここにあらずというその表情はさっき三十度を求めて止まってしまったエアコンを思い出させる。あたしに関する設定を「二十七度／弱」にして、ようやく対応している津奈木。でもそれじゃあ、あと三度足りないんだってことがこの馬鹿にはどうしても伝わらない。

ソファに丸められていたバスタオルに当たったせいで手袋は床に転がったけど、津奈木は拾おうとしなかった。あたしに対する反抗かな、と思ったがどうやらただそれだけではなくて、見渡してみると我が家の居間は過去最高に荒れていた。こたつの上の至るところに何か食べ物のカスらしきものがこびりついているし、部屋のあちこちにこの二十日間で新しく増えた本が積み上げてあるし、フローリングの上に敷かれたラグも端っこのほうがベロンベロンめくれて全然四方にピンと張れてない。どれだけ滋養強壮したのかユンパミンの空き瓶がやたら目について、ゴミ箱からはぺしゃんこに潰《つぶ》しきれてないスコッティのティッシュ箱が溢《あふ》れ出している。流しにも汚れた食器とプラスチックの弁当の空が山積みになっていたな、そういえば。

「何。あんた、部屋片づける時間とかないの」

「うん、今ちょっと忙しくて」

決めているわけではないが、家事全般をどうにもならなくなるまで基本的に放っておくあたしより先に、部屋を片づけ出すのはいつも津奈木だ。

「あたし、今鬱だから」と言うと、津奈木は「うん」とだけ返事をしてこっちを見なかった。

部屋着に着替える津奈木がいつまでも暖房をつけないので、手際《てぎわ》の悪さに苛ついてリモコンを手に取る。

「コンビニ行くくらいで暖房消すのやめてって」

ピッ、と音がしてエアコンの送風口が動き出す。部屋があったまるまでまだ大分かかりそうだと、こたつに入って目盛りを最高の『7』まで上げる。でも我が家のこたつに掛けてある布がこたつ布団《ぶとん》じゃなくてこたつ敷き布団なせいで、あたしのストレスはまた蓄積されてしまう。本来なら床に敷くこんな固いものをめくらなきゃいけない、めくってその隙間《すきま》に体を滑り込ませなきゃいけない屈辱。

おととし一緒に電気屋でこたつを買ったまではいいものの、津奈木はほしい柄のこたつ布団がないと言い出してずっとこのモカベージュのこたつ敷き布団を代わりに使い続けているのだ。無印良品であたしが新しく買おうとしても「無地だから」と言って認めない。「価値があるものにしかお金を払いたくない」とかいうわけの分からないこだわりがあるらしく、外食したい店があってもこれだったら自分が作ると材料を買ってくるし、前なんか自動販売機でジュースを買ってくれと頼んだ時、津奈木が当たり前のようにジュースを差し出しながら「あとで六十円ね」と言ったことがあって、あれには本気でぶち切れた。どうやらこの男なりの冗談だったらしいが、あたし達は笑いとお金に対する価値観の違いで何度も別れかけている。無職の女に家賃の二割を払わせるのだってどうなのよ実際。

目の前のコンビニ袋からは食べ物のほのかな匂《にお》いがしていて中身を出すと、牛丼《ぎゅうどん》とやきそばだった。

「どっち食べたい？」トレーナーに着替え終えた津奈木が、ずれた眼鏡を直しながら聞いてくる。

「あんたは？」

「牛丼」

即座にやきそばを渡された津奈木は「じゃああとで半分ね」と言ったが、あたしは無視して台所に行き電子レンジの中に牛丼を入れた。ウイーンと中の皿がターンし出して数秒後、何かが弾《はじ》けるような衝撃があって突然視界がまっくらになる。それまで鳴っていた電磁波の音も尻《しり》すぼみに消えている。「ちょっと、なんでコタツ消さないの？」

居間のほうにいる津奈木に向かって怒鳴ると、「ごめん」と謝る声が聞こえて暗《くら》闇《やみ》の中で小さく何かが光った。目をこらすと、津奈木が携帯電話を開いて懐中電灯の代わりにしているのが見える。

「ブレーカー？」

「見てくる」

点灯時間の設定が短いらしく携帯をやたら頻繁にパカパカと開け閉めしながら、津奈木は廊下へ出て行った。眼鏡に青白い光を反射させて歩いている男の顔はどこかうつろで、外でこんなやつと出くわしたら迷わず逃げるなと思いつつ、あたしは付けっぱなしにしていた本部屋の暖房とパソコンと電気毛布についての発言をひかえることにした。

「最近ほんとすぐ落ちるよね。癖《くせ》になるものなのかな。ねえ東京電力に言ってさあ、アンペア一個上げてもらえばいいんじゃない？　前にテレビで観《み》たよ。アンペアの設定をね、一個上げればいいの」

あたしの声が届いているのかいないのか、津奈木は「うん」と生返事をするだけだ。その場で待っていると、重いものを持ち上げるような手応《てごた》えが周りの電化製品から一斉に起こって、それぞれ若干のタイムラグを生じさせながらも我が家に電気が復旧した。あまりに何事もなかったかのように視界が元に戻ったせいで、まるで誰かのしかけたイベントから「はい終わりです」と急に現実に戻されたような気分になる。

止まっていた電子レンジのあたためキーを押すと、意識を取り戻してから今のはなんだったんだと騒ぎ立てるヒステリックな女みたいに癇《かん》にさわる音を鳴らし出したので、あたしは「うるさい」と呟《つぶや》いて人差し指で黙らせた。

迷ったあと、まだ全然温まっていない牛丼を中から取り出す。特にこれが食べたかったわけでもないので、まあいいや冷たくてもという妥協だ。自分という女は、妥協におっぱいがついて歩いているみたいなところがあって、津奈木と付き合ったのも当然のように妥協だった。

三年前、デザインの専門学校をとっととばっくれてから何を目的にするでもなくふらふらとグラフィックデザイナーと付き合ったり歌人と付き合ったり特撮監督と付き合ったりして二十二歳になっていたあたしは、駅ビルの本屋でバイトを始めたばかりだった。そこの女子が開いたコンパで酒をしこたま飲んでやろうと顔を出したら、隣の席に偶然座ったのが眼鏡をかけてぼんやりしたこの男だったのだ。

男はたまになにか話しかけてくるものの、人数集めで呼ばれたコンパだからといった義務感がありありと伝わって、あたしが「うるさい飲み会嫌いなんですか？」と訊くと、「そうですね。苦手ですね。はい」と小さな声で答えて、ちびちびとビールの泡をすすった。

その時点で自分がこの男と付き合うことはねえな、と思ったのが正直なところだ。ムラのあるテンションとたまに飛び出す奇行が玉にキズのあたしだが、言い寄ってくる男がいないわけでもなくて、実際このコンパでも開始直後は争うように男達が話しかけてきた。でもどうでもいいくだらない話（初対面の人間の星座なんか教えられてどうしろって言うんだ）ばかりされてあからさまに興味を失ってしまい、「はいはい」とか「で？」とか「あたしの顔、全部整形なんです」とか適当に受け答えしているうちに男達ははやばやと他の女を狙《ねら》う態勢を立て直して席を移動していった。

コンパはやたらムーディな照明でおしゃれ系を強調した居酒屋で行われていた。もともとは安さが売りのチェーン店だったのをリニューアルし、店名の頭に「THE」を追加して新しく生まれ変わったらしい。「ザ」だけで生まれ変われるなんて夢みたいな話で、あたしは何度心を入れ替えてバイトを長続きさせようと誓っても、辞めなかったためしはない。

掘りごたつ風テーブル二つを囲んで男女十人で行われていたコンパは、気づくとさっきまで閑散としていた向こうのテーブルに人口が密集しており、こっちのテーブルには熱燗《あつかん》を注文し始めたあたしと、始めから一番出入り口に近い席に座って一度も移動しなかった津奈木しか残っていなかった。

それでまあ多少気を遣ったのかポツポツと、津奈木が社交辞令的な言葉をかけてきたのだ。津奈木の言っていることもその日の天気とか通り一ぺんの上辺《うわべ》っちゃ上辺の話だったが、無理に盛り上がろうとしてこないぶん、他の男達を相手にするより少しはマシだった。

津奈木の顔はフレームのない眼鏡のせいで知的に見えるものの、特に良いわけでも悪いわけでもない。でも人目につかないような落ち着いたトーンの服装で身を固めているところや、少し猫っ毛の髪でなんとなく目の辺りを隠しているところや、意図的に丸められていそうな背中のラインが控えめさを主張していて、DNAの段階から地味になることが決定していたかのような男だった。女の好みを訊《き》くと「優しい人ですかね」と当たり障《さわ》りのないことを答えるし、「肉食べなさそうですよね」とこっちが適当なイメージを言えば、「あー」と肯定も否定もしない。

担任が正面から見た新幹線に似ていて勉学に励む気にならないという理由で高校を中退しかけるような、就職活動を尻が半分出そうな丈のスカートをはいて回って全滅しているような、どこにいっても浮いてしまう女であるあたしと津奈木はうすうすお互いが違う人種であることを確信していった。けれど見るからに静かな場所を好むであろう草食動物的な津奈木に対し、会話を途切れさせてはいけないという強迫観念も起きなくて、あたし達は向こうのテーブルで盛り上げ役の男が始めたパラパラダンスに「すごいですねー」とか「やっぱり家で一人で練習するんですかねー」などと雑な感想を述べながら、皿に大量に残っている料理をつついた。

そのあと津奈木の編集している悪名高い雑誌のことを聞き、意外だと思ったので「なんでそんな仕事？」と訊くと、津奈木は「そこに配属されたんで」と覇気なく答えた。ちょうど清純派アイドルが一人、その雑誌に昔の全裸に近い写真を載せられたせいで精神を病んだとか病まないとかいう噂《うわさ》が飛び交っていた時期だったから、それについての意見を求めても「ひどいですよね」とあくまで客観的な意見しか言わず、目の前の厚揚げを箸《はし》で崩している。

その後、こんなつまらない人間がいるわけないとあたしは半ば意地になって、少しでもこいつが食いつく話題はないかとあらゆるジャンルの話を振ったが、見事に一般的な受け答えしか返ってこなかった。「もしあたしがあなただったらつまんなすぎて今すぐ死ねますよ」と怒らせるつもりで発言しても、津奈木は「わあ」と軽く驚いてみせるだけだ。

もういいや。なんか全部かったるくなってきたし、こいつらまとめてみんなつまんないし、とりあえず明日から本屋のバイト行くの辞めよう。そう考えながらコンパという趣旨など完全に無視して熱燗をぐいぐい一人で飲み続けたあたしは、いったん雑誌の話を忘れかけたものの何かの拍子でだんだん腹が立ってきて、携帯で終電の時間を調べ始めた津奈木に「なにコソコソやってんだ」と言いがかりをつけてヘッドロックを決めると、「あんたは最悪だよ」とか「噂される側の気持ちを考えろ」とか感情のおもむくまま言葉を羅列して罵《のの》った。昔から何かと勝手な陰口を叩《たた》かれがちだった自分の半生を思い返して、あたしがこんな人間になっちゃったのはお前らみたいな人間がいるからだと泣きながら怒って責めた。

その痴態《ちたい》に気づき始めた周りの人間が「おお、眼鏡が美人を泣かしたぞ」などとはやし立てたせいで、立てなくなるほど泥酔していたあたしをどういうわけか津奈木がタクシーで送るはめになったのだ。店の外まで肩を貸されて歩いたが、八センチあるヒールを履いたぶん身長がほぼ同じになってしまい、線の細い津奈木はふらふらになってバッタを引きずるアリのようだった。

「すいませんね」

タクシーに乗ったあと、窓を開けて夜風にあたるうち頭がどんどん冷静になってきて、とりあえず謝った。「あたし、よく針が振り切れるんです。すいませんね」

津奈木は「いえいえ」とか「大丈夫です」とか何も言ってないのと同じような返事をして、窓の外でタクシーを止めようと必死で手を振っている外人を眺めていた。酔っぱらっているのか車道に半分飛び出して外人達は大笑いしながら騒いでいる。

「よくコンパとか行くんですか」

我ながら今更の質問だと思いつつ、あたしは訊いた。

「いえ、たまに誘われるんですけど断ってたんで。初めてですね」

「え、じゃあなんで今日は？」

「知り合いに数が足りないから出てくれって頼まれて」

「あたしもですけど。でも断ってたんでしょ今までは」

「ちょっと……失恋をしたというか」

「あー……。え、振られたんですか」

「まあ、振られたというか……付き合ってた人と先週別れました、はい」

津奈木は頭が痛かったのか眼鏡を外しながら頷《うなず》いた。コンパ中、かなり序盤で恋愛の話を振った時には確か「女の人は苦手ですね」とか言ってたはずだ。車内には道路沿いの店のネオンが飛び込んでいて、猫っ毛からのぞく男の耳がよく見ると赤いことに気づく。外から入り込む風の音がうるさくて、あたしは電動の窓を少しだけ閉めた。

「何が原因？」

「なんですかね。向こうが別れたいと言ってきたので」

それはまあしょうがないっすねと呟いて、これ以上この話題については触れないことにした。吐きそうなくらい酔っていても、学生時代のあだ名がエキセントリックク子（略してエキ子）であっても、それくらいの分別は付く。

「なんだよ」

舌打ちをする運転手の呟きが聞こえて視線をやると、前方には工事中を示す標識と柵が張り巡らされており、三車線あるうちの二車線が潰《つぶ》されていた。赤色の指示灯が振られる中、何台もの車が流れを止めて列をなしている。苛《いら》だった様子の運転手が「お客さんさあ、この先の道なんか工事してるみたいだから次の信号んとこ右に曲がる？」と客商売とは思えぬぞんざいな口調で言い捨てた。

「そっちのほうが早いんなら」津奈木は律儀に応対している。「あの、この辺の道のこと分からないんで早いほうでお願いします」

青信号に発進したタクシーが『バラ百本で三千八百円〜！』と黄色い看板の光る花屋の角を曲がるのを見ながら、津奈木みたいな男が付き合うタイプの女はやっぱり甘い物が好きで、純愛映画で泣いて、部屋をフランフランの家具で統一したりするんだろうか、と馬鹿馬鹿《ばかばか》しい想像で吐き気をまぎらわせた。少ししてどんくさい車がまた信号につかまる。

「実はあたしも男と別れたばっかりなんですよ」とハンカチで押さえた口の隙間《すきま》からあたしは声を出した。「でも同棲《どうせい》してたから出て行くお金もなくて、今もまだそいつと一緒に住んでるんですけど」

「別れたのに？」

津奈木は今日初めて個人的に興味を持ったという感じで、こっちに軽く首を向けて質問してきた。

「そうですよ。部屋も別々だからほとんど顔合わせてないですけど」

「いつ出て行くんですか」

「さあ。お金が貯まらないと無理だし、あたしバイトすぐ辞めちゃうから貯金も全然ないし」

体でも売るしかないですよ、と言いかけそうになって思い留まった。あたしの発言は洒落《しゃれ》か本気か分からないと付き合った男達にことごとく泣かれるのだ。

「どうするんですか？」

「どうするんですかね」

タクシーは車内がゲロで汚される前に、なんとか別れた男と同棲しているマンションまでたどり着き、狭い道でドアを開けた。

歩けますかと聞かれて、大丈夫と答えたあたしは立ち上がろうとしたけど日本酒がまだ足に残っていて、結局運転手に「戻ってくるので」と告げた津奈木に再び肩を貸されながらエレベーターで五階までのぼった。

そこから先はまあベタなことになった。鍵《かぎ》をなんとか差し込んで中に入ると、奥から女のあえぎ声が玄関先までばんばん聞こえていて、もう別れた男だし部屋も別だしいいんですけど全然と津奈木の手前笑ったけど、次の瞬間耐えに耐えていた嘔《おう》吐《と》の波の一番すごいやつが来たせいで、あたしは知らない女のミュールの上にまだ消化しきれていなかったサイコロステーキやナスの一本漬けやまぐろとアボカドのサラダやししゃも入り厚焼き卵をぶちまけてしまった。

さらにふらついた拍子に、ベトナム雑貨屋で「かわいい」とひとめぼれして購入した木彫りの悪魔の尖《とが》った鼻にざっくり頭が突き刺さり、鮮血がだらだらとあたしのコートの襟の部分を染め始めた。生温いものが首筋をゆっくり伝わっていく感触に、『赤いちゃんちゃんこ』という怪談話を思い出す。トイレに入っているとどこかから「赤いちゃんちゃんこ着せましょかー」という声が聞こえて来て、「着る！」と答えた人間は胴体を真っ赤な血で濡《ぬ》らした首なし死体で発見されるというやつだ。

「………」

胃がせりあがってくる圧迫感で獣のような雄叫《おたけ》びを上げてしまったから、女のばんばんのあえぎ声はいつのまにか止まっていた。同棲している男が薄暗くした部屋の向こうでこっちの様子を息をひそめて窺《うかが》っているのは間違いなくて、ここからの展開がどうなるかを頭にめぐらせて、なにもかもが面倒くさくなったあたしはこの状況をずっと後ろで傍観していた津奈木に「すいませんね」と謝った。後頭部がズキズキするけど、思いきり吐いたお陰で体調はいくらか楽だ。ふらつく体で玄関を出ながら「掃除するの嫌なんで。とりあえず」と外から扉を閉めた。

ゲロを吐かれた男が「ゲロ吐きやがって！」と追ってくる前に逃げてしまえと、あたしはエレベーターにすばやく乗り込んだ。あとからついて来た津奈木はゆっくりと閉まる直前のドアに体を滑り込ませ、一階ボタンを連打していたあたしの横に並んだ。

「……頭の後ろから血が出てますよ」密室がウガゴンと動き出してから、津奈木が静かに教えてくれた。

「たまに出るんです」あたしはドアの上部で点灯している数字を見上げながら、わけの分からないことを答えた。津奈木は首をあたしと同じ角度まで上げて黙った。密室には生々しい血の臭気がうっすら充満し始めている。

「……病院いきますか？」ぽつりと津奈木が言う。

「保険証ないからいいです。それより」

到着したエレベーターの扉が開き、あたしは新鮮な空気を求めてエントランスに出た。

「それよりこういう時って思いっきり走りたくなるんですけど」

この時、もし津奈木が一人でタクシーに乗り込んでいれば、あたし達が付き合うなんて未来には何がどうしたってたどり着かなかっただろう。頭から血を垂らして走る女の後ろを、どういう気持ちからなのか津奈木は眼鏡を押し上げながらコーチのように黙々と伴走してくれた。

そのまま津奈木が一週間前まで女と住んでいたというこの家にたどり着いて強引に上がり込んだ挙げ句、気持ちがたかぶっていたあたしはセックスを無理矢理迫ったのだ。津奈木は特に拒まず、そのまま「行くところがない」と居座り始めたあたしのことを「いたかったら」とすんなり受け入れた。女に逃げられた直後で広い部屋が寂しかったのかもしれない。

編集長をまかされたのがきっかけにはなってるよな、とあたしはスーパーの入り口にある黄色いカゴをカートにはめこみつつ呟《つぶや》いた。あと五分で閉店のため、店内に残っている客の姿はあまりない。外に出ていた特売のトイレットペーパーを棚ごと運び込もうとしている店員の邪魔にならぬよう、野菜売り場へと急ぐ。

半年前、それまでの編集長が辞めたせいで、まだ三十二歳の津奈木は事実上押しつけられたみたいな形でそのポジションを任されたのだ。部数も少ない隔月誌だからもともと編集の人間が三人しかいなかったらしくて、給料はほとんど変わらないのに、津奈木が家に帰って来ない日はますます増えた。

仕事の負担がどれだけ増えたのかは分からないが、昨日の津奈木の顔色はかなり悪かったし、また少し痩《や》せていた気がする。それまでだって余裕がなかったのに三人でやるなんてことがそもそも無茶なのだ。きっともうすぐ校了の時期になって、そしたらあの男はまた編集部に寝泊まりするようになる。

さすがに四六時中ベッドで寝ている自分が何もしていないことに気がひけ、あたしは掃除や料理をしてあげようと思い立った。そのために昨日冷たい牛丼を食べたあと、眠気を必死にこらえてネットを見ながら一晩中献立を考えたのだ。えびと野菜のチリソースがけ。春雨のエスニックサラダ。青菜のけんちん汁。

あたしの料理のレパートリーなんて十品あるかないかで、そのうちの二つが同じ作り方のカレーとシチューだったけど、レシピを見ればなんとかなるだろうと見切り発車もいいところで食材の名前と分量を紙にメモった。すでに明け方の五時を回っていることに気づき、昼ぴったりに起きるために眠剤をコーラで胃に流し込んで、これを機に昼夜逆転生活からなんとしてでも抜け出そうと心に誓った。

だというのに目が覚めたら、夜の九時半だった。

遮光カーテンの向こうの外の暗さに絶望した。鈍痛を訴えるこめかみを押さえながら、毎日のことだが「最低だ」と思わずにはいられなかった。枕元《まくらもと》に置いたはずの目覚まし時計は眠ったままのあたしにＤＶを受け、ベッドの下にでも転がっているんだろう。

なんでよ。

他の人はみんななんでもないことのように朝起きて夜寝るっていうのに、自分にとってはそれがまるで無理難題みたいに立ちはだかって意味が分からない。日が出ているうちに起きる。たったそれだけのことがなんでできないんだ？　自分は本当にみんなと同じ生き物なんだろうか？　あたしには何が欠落してる？

気持ちが沈んでいくのを止められないまま津奈木の携帯に『死にたいかも』とメールを送信した。しばらくしてから返信があって画面を見ると、『大丈夫たよ』という文章が書かれていて、あたしはその『大丈夫たよ』に激しい怒りを覚える。なんだ、たよって。人の生死に関わるメールなんだから読み返すくらいしろよ。こんな短い言葉、打ち間違えんな眼鏡。お前が死ね。

予定ではまず洗濯機を回し、その間に効率よく掃除を始めるつもりだったのに、近くのスーパーが十時に閉まってしまうのでとりあえず着替えて財布だけ持って家を飛び出す。外に出ると、よりによって東京では今年初めてだとかいう雪が数センチ降り積もっていて、いつもなら歩いて三分のコンビニですら迷うことなくまたがる自転車に乗ることもできない。もうすでに溶けて凍結しつつあるスケートリンク状の道路を、まるで競歩している人のようにスーパーを目指した。

雪と氷の中間みたいな白い固形物を踏みしめると、凶暴な生き物が骨ごとえさを咀嚼《そしやく》しているような音が夜の住宅街に鋭く響き渡る。ロマンチックな雪のイメージにはほど遠い、その野蛮で暴力的な音に合わせて、死ね、死ね、死ね、死ね、と一歩ずつ口の中で呟いてみる。なんで、自分が、こんなに、馬鹿みたいに、寝るのか、誰か、納得いく、説明を、しろ。スニーカーをはいてきてしまったせいで、冷たい水が足先のほうから染《し》みこみ始めている。あれだけ、寝て、まだ、眠いって、あと、どれだけ、人生を、無駄に、することに、なるんだ。

荒くなった息が白い。頬がガサガサだ。リップを塗りたい。電柱には犬の尿がぶっかけられていて、それはオロナミンCみたいに鮮やかな黄色だった。

大きめの道路に出るとようやくコンクリートが現れたけど、歩道のほうはまだアイスバーンがところどころ続いているから競歩をやめるわけにはいかなかった。寒いから冬は嫌いで、暑いから夏も嫌いで、ようするに日本の美徳とされる四季が、あたしにはネックにしか感じられない。

結局、むきえびがほしかったのに殻付きのえびしか見つからず、スナップえんどうも普通のえんどうしかなくて、蛍の光が流れ始めたスーパー店内でどうすればいいか分からなくなったあたしは半額になったあじフライのパックを掴《つか》んだ。本当は「スナップえんどうの代わりに普通のえんどうを使っちゃ駄目なんですか。その前にスナップってなんですか」と訊《き》きたかったのに、店員が慌《あわ》ただしく閉店の準備をしており一刻も早くお前には帰ってほしいという無言の圧力をかけられている気がして、一個三百円近くするキャベツが高いのか安いのか考える暇もなくレジに向かい、クローズの看板が出ている店の自動ドアを通り抜けた。

ああ、なんかもう嫌だ。めんどくさい。なんでスーパーなんか行ったんだっけ？　何も考えたくない。早く家に帰って寝逃げしたい。こんな一・五リットルのペプシのペットボトルごときが重くてしょうがないなんてやっぱり体力が落ちている証拠だ。

少しずつ染み込んでいた雪の名残がとうとうスニーカー内をじっとり制圧した。靴下が濡れると、圧倒的に何もかもがどうでもよくなるのはなんでだろう。津奈木の『大丈夫たよ』メールを思い出し、革の手袋を外したあたしは道路の端に寄せ集められていた雪山から塊をがっしり素手で掴んだ。ディズニーの七人の小人の置物が通行人から見えるよう並べられている一軒家の表札めがけて、その塊を思いきり投げつける。何が『MURAKAWA』だ。日本人のくせに名前にアルファベット使ってんじゃねえ、死ね死ね村川。お前の子供の『MAJYU』と『LEON』は大人になって鬱《うつ》で苦しめ。

荒《すさ》みきった気持ちでマンションまでたどり着いてエントランスの集合ポストを覗《のぞ》いていると、エレベーターから見知らぬ女が一人降りてきた。女と入れ違いに乗り込んで3のボタンを押してから、今の女が誰かに似ている気がして考え込んだのち、自分が勝手にイメージしていた「津奈木の元彼女」像におおむね合致するのだと気づいた。

淡い栗色でゆるいパーマのかかった肩までの髪。おっとりしてそうな垂れ目。白いコートにピンクのマフラー。マルイで売ってそうな女子傘。雰囲気からしてOLだろうか。津奈木の口から前の女の話を直接聞いたことはなかったけど、たぶん絶対あんな感じだ。

家の玄関でスニーカーを脱ぐなり裸足《はだし》になったあたしは盗塁選手のようなすばやさでこたつに滑り込んだ。暖房器具すべてを付けっぱなしにしてあった居間はこもった空気で息苦しいものの、雪で麻痺《まひ》しかけていた指先に感覚が戻り始め、ようやく気持ちに余裕ができる。テレビをつけると、クイズ番組でスポーツ選手が『日本で二番目に大きい湖は？』という問題に「え？　分かんない！　なになに？　琵琶湖は違うでしょ！　くっしゃろ湖？　あー、待って待って！　じゃあえっとね……す、す、すん湖！」と答えていて、「こいつひどいなあ」とあたしはひとりごちた。

本当なら片づいているはずだった部屋の散らかり具合が視界に入らぬようこたつに頭まで突っ込んで、赤外線の熱を近距離で浴びる。固くて薄いこたつ敷き布団《ぶとん》のせいで特有の閉塞感《へいそく》が今いち味わいきれないな、と丸まりながら思ううち、いつのまにかうつらうつらしていたらしい。熱さに耐えきれず汗びっしょりになってこたつから這《は》い出ると、誰が時計をすすめたのか一時間経《た》っていた。テレビの声がリンクしていたらしく、クイズの解答者になっている夢を見た。

　ぼんやりする頭で立ち上がり、近くに投げ出していたスーパーの袋をひきずって台所に向かう。靴下をはきたかったけど洗濯してないものしかなくて、しょうがないからスリッパでしのぐことにする。蛇口から出た水は、凶悪に冷えていた。泡立て器を駆使しながら、米を研ぎ終え炊飯器のスイッチを押す。脱衣所にあふれていた衣類まで無理に押し込んで洗濯機を回したあと、みそ汁の具を買い忘れたことに気づいていい加減死のうと思ったが、床に置いてあった段ボールの中にマロニーが入っていたのを発見し、ぎりぎりで持ち直した。

『もう帰ってくんの？』

　終電に乗れたならそろそろ帰宅の時間だろうと、津奈木の携帯にメールした。十分もたたないうちに『帰る。今電車』と返信が来る。『何も買ってこなくていいから』と理由も書かずに送ると、『うん』と理由も訊かずに二文字の返事が来た。津奈木はあたしの今回の鬱の波がとりあえず収まったとでも思っているんだろうか。

　電子レンジにあじフライを入れてフライキーを押して一分もたたぬ内に、またバチンと何かを太いハサミで断ち切るような怖い音がして、ブレーカーが落ちた。驚いてびくついた次の瞬間、こたつを切っていなかったことを暗闇《くらやみ》のなか思い出し、マロニーをみそ汁の鍋《なべ》に入れようとしていたあたしはその場でぼろぼろと涙をこぼしてしまった。

なんで泣いているのか自分でも理解できない。まさか二十五歳にもなってこんな停電が怖いのか？　でも涙が次から次へと溢《あふ》れてきて止めることができなくて、さすがにもういいだろうと思うのにいくらでも垂れ流れて顎《あご》を伝って下へ落ちて、頭の中の何かがぶっ壊れてしまったみたいに涙は出続ける。

ずいぶん長い間そうしていたせいで寒さが窓のサッシの隙間《すきま》から侵入し、ようやく涙が乾いた。拳《こぶし》の形に固まった指からマロニーを放し、手探りで冷蔵庫付近を触って回ったけど携帯電話の感触はどこにもなくて、気づくとあたしは「馬鹿にすんなって！」と天井に向かって叫んでいた。

さっきまで使ってたはずなのに携帯がないなんておかしい。誰かが故意に隠したとしか思えない。でも誰がなんのために隠しているのか分からないし、叫んでもやっぱり携帯は出てこなくて、あたしは床に積まれたあらゆるものを倒しながら壁をつたって居間を出た。

廊下に立った時、一体ブレーカーというものがどこにあるのか自分がまったく覚えていないことに気づく。昨日津奈木はここからどっちに歩いた？　玄関のほうなのか風呂場のほうなのか思い出そうとしても頭がうまく働かなくて、これは本気で寝過ぎによって脳が腐り始めているんじゃないかとまた別の思考回路が作動し始める。

たとえばどこかのカラオケであたしのカルピスだけが異様に濃かった時。どこかの駅であたしの切符だけがなぜか受理されなくて改札に挟まれてしまった時。あたしはあたしの携帯を隠すような誰かに「見抜いてるぞ」と言われている気がする。「お前がみんなと同じふりをしてまぎれていることは分かってるぞ」と警告されているんじゃないかと錯覚することがある。

地面を踏んでいるはずなのに足下には何もなくて、そもそもあたしの周りには触れるようなものが一切なくて、自分は何にもつながってないんじゃないかと甘っちょろい妄想《もうそう》で押しつぶされそうになるのだ。その瞬間は生活していると絶妙なタイミングで現れて、社会に出ようとするあたしの目を定期的に覚まさせていく。総菜部の女が「死ねマン」とバッジに書いたのだって、そうした不安を敏感にあの女が嗅《か》ぎ取ったからに違いないのだ。

そばにあるはずの本部屋の扉も見えない。あたしは手応《てごた》えがほしくて壁を何度も手のひらで叩《たた》いて確認した。擦《こす》るように撫《な》で、ざらついた壁紙の感触を必死で脳へ送る。でもなぜかここに本当に壁があるのかどうか、どうしても確信できない。壁の堅さってこんなだったっけ？

あたしにはベッドの中で目覚めた自分が実はまだ夢を見ているのか本当に起きているのか分からないことがよくある。現実と同じようにして目覚まし時計や電気のスイッチを何度も触って確かめるのだが、たしかに押した指先に返ってくる手応えがあるような気がして、夢を夢と見抜けたためしはない。ひどい時はどれだけ起きても夢の中だ。このままエンドレスに寝ながら起き続けるんじゃないかという恐怖と闘いながら、必死に今度こそと手応えを求め続ける。

だから今、こうやっている自分が実はベッドの中にいるという可能性がどうしても捨てきれない。確証がほしくて壁を叩く手にどんどん力がこもっていく。コンクリートに肉がぶつかる鈍い音が響き渡る。

停電がふいに子供の頃の記憶につながって、あたしは自分の母親のことを思い出した。板垣紗登子《いたがきさとこ》。あの人は近所でも評判の何を考えてるか分からない性格で、あたしから見てもつかみどころのない母親だった。主婦達の集まりにも顔を出さず、パートにもいかず、家事もこなさず、いつも布団で「気分が悪い」と言ってはふせっていた。

サラリーマンをしていた父親ももはやそういうものだと諦《あきら》めていたのか特に何を注意するでもなく、夕食はスーパーの総菜や弁当や外食で済ますのが我が家では当たり前だったし、洗濯や掃除も一週間に一度するかしないかで、とにかくあたしの思い出の中の母は六割がた布団にいた。「難しい病気だから」と母自身にさんざ聞かされていて、実際病院にも通っていたから、子供だったあたしはこの人は体が弱いんだと信じて疑わなかったのだ。

でも高校に入る頃にはさすがに我が家がなんとなくおかしいということに気づいていた。病気の名前もおしえてくれないままの母が飲んでいた薬を調べると数種類の安定剤で、不思議だったすべての謎《なぞ》が解けた。そういえば母は雨が降ると一日中部屋から出てこない人だった。あたしも今は雨が降ると、ベッドからどうしても動けない。

思い出の母の一割が人に話せるまともな姿だとすれば、残りの三割はやけにはしゃいでいる躁《そう》状態ということになる。家族旅行などに行くと、二重人格かと思うくらいに母は陽気で、北海道に行った時なんか柵《さく》を越えて牛の群れに走り込んでいって牧場主に取り押さえられていたし、沖縄に行った時は米兵達にチョコレートを差し出しながらめちゃくちゃな英語で話しかけ、父親が謝って車へ連れ戻していた。

そしてこうして停電になった時、灯りがついたら突然裸になっているというのが母親のたまにやるネタみたいなものだったのだ。てっきりあたし達のために楽しく振る舞おうとしてくれているんだと子供ながらに思っていたが、今なら本当のことが分かる。あの人は少なくとも二十年以上前からメンヘラーだったのだ。

高校を卒業してすぐ上京してデザインの専門学校に通って以来、あたしが実家に帰ったのはこの七年間で全部合わせても三週間くらいだろうか。少なくともあたしが四泊五泊するあいだ、母はご飯を作ったりお風呂《ふろ》を沸かしたり当然のごとく家のことをこなしていた。だからもうずっとあの人がまるで普通の主婦だったかのように記憶し間違えていたのだ。あたしだって実家にいるあいだは普通の娘のように振る舞っているだけだったのに。

　父親も昔のことは何も気づかれていないと思っているらしく、そういう話をそこまで具体的にしてきたことはない。電話で話しても「お金ないからって変なビデオには出るなよ」などとこちらの心配ばかりしている。一緒に住んでいる五十歳を過ぎた母はさすがにもう病院には通ってないんだろうか。雨が降ったからって一日中寝たりしてないんだろうか。停電になっても裸になろうとはしないんだろうか。

　あまりにも非現実的な母の記憶を思い出していると、玄関先でガチャッと鍵《かぎ》の回る音がして、マンションの外廊下から人工的な灯りと深夜の厳しい冷気と津奈木が同時に入り込んできた。

「何してんの、そんなとこで」

　津奈木はまっ暗な廊下で壁に両手をついたまま震えているあたしを見て、意表をつかれたようだった。あたしが涙目で血色のない唇を動かしかけると、「あ、ブレーカー？」と頭上に手を伸ばして黒いスイッチらしきものをパチンと押し上げ、あっさり家中に電気が戻った。

　目の前にはちゃんと壁があって、殴りつけていた拳は腫《は》れて痛みだしている。それであたしはようやく自分が起きていると実感できた。

「だからねぇ、こっちは大人の話し合いをしましょうってずっと言ってるの。それなのになんなの、あなた。さっきから適当な返事ばっかりして。人のこと馬鹿にしてる？」

隣の席のカップルが明らかにおもしろがって、こっちを盗み見ている。俯《うつむ》いたままのあたしが泣かされているみたいに見えるんだろうか。残り少ないバナナジュースをストローで吸い上げながら、あたしは今一度上目づかいで、向かい側に座って鼻から煙草《たばこ》の煙を吐き出している女を見た。

「何よ。文句でもあんの」と言われ、ゆるゆると力なく首を振る。

最近ますます気分が落ち込んで睡眠時間がさらに増える生活を送っていたところ、マンションにこの赤いコートを着た女が訪ねて来て、有無を言わさず喫茶店まであたしは拉致《らち》されたのだった。

「あなた、さっき言ってたでしょ。景とは別にうまくいってないって。っていうか、なりゆきで付き合ったって、そうはっきり言葉にしたわよね？」

だったらいいじゃない別れてよ、と女はガラスの灰皿に煙草を強く押しつけた。煙草が女の眉間《みけん》と同じくらい深い皺《しわ》を幾筋も作って、灰の中でぐにゃりと潰《つぶ》れる。女はあたしに答える時間を与えるつもりらしく磨かれた爪《つめ》を少しいじっていたが、すぐに待ちきれなくなってマルボロライトの箱を摑《つか》み、中から一本取り出した。

あたしはバレないように小さく舌打ちし、ストローで氷をかき回してグラスの中身がもうないことを強調した。飲むものも飲んだしそろそろ出ましょう、という流れになることを期待したが、女の手元にあるコーヒーには砂糖が入れられたっきり口も付けられていなかった。とっくに冷めてしまっているコーヒーには見向きもしないで女が五本目の煙草に火をつけたので、あたしは仕方なくお冷やのほうに手を伸ばす。水道水を出されていたら嫌だから、あんまりこういうところの水って飲みたくないいんだけど。

津奈木の元彼女はマルイの女子傘でも、ふわふわしたピンクのマフラーでもなかった。微妙に深いVネックで胸をさりげなくアピールした茶色のセーターに黒のタイトスカートで、人のことはすっぴんで捕まえておきながら、自分はぬかりなくメイクしている意外にもキャリア系の女だった。

今月いっぱいで自分は誕生日を迎えるからそれまでにはっきりしておきたかった、と拉致した直後に安堂《あんどう》と名乗った女は説明した。

「嫌なのよ。こんなモヤモヤした気持ちのままで誕生日になるなんて。駄目なら駄目でいいからとりあえず本当に私が景とヨリを戻せる可能性がないのか、はっきりしておきたかったのね」

可能性も何も、確か新しい男を作って津奈木を捨てて出て行ったのはそっちじゃなかったかと思いつつ、でも「ごめん。やっぱり私、あなたのことが……」とか平気で言えちゃいそうな雰囲気がする人なので、深くは問わないことにする。おおかたその男に振られて、崖《がけ》っぷちの危機感でも感じてるんだろう。もしかすると津奈木が編集長になったことを聞きつけたのかもしれない。

「こないだ偶然見かけたのよね、新宿駅で。向かいのホームだったから声はかけれなかったんだけど、大人っぽくなっててびっくりした。前はほんとにぼんやりしたガキだったけど、もうあいつも三十二だもんね。やっぱ三十すぎると男は違うわよね」

安堂が今月の誕生日でいくつになるのかは頑《かたく》なに伏せられているものの、焦《あせ》り具合からして三十七とか八とかその辺かなとあたしはぼんやり推測した。津奈木が年上と付き合ってたとは予想外だった。人によったらあのつまらなさに母性本能をくすぐられるのだろうか？

斜め向かい側の椅子《いす》の背もたれに掛けられた赤いコートに陽が差し込み、窓枠が十字の模様を描いている。女の顔をまともに見る気になれなかったあたしはテーブルの隅に載せられたヴィトンのバッグのモノグラムの数を数えながら、やっぱりこの人も「温泉行ってのんびりしたーい」とか職場で言ってんのかなと勝手な想像で時間を潰した。煙草を灰皿に持っていくたび華奢《きゃしゃ》な腕時計を上下に揺らし、安堂はやたら説教くさい口調で一人しゃべり続けている。

「でも景の性格のこと考えると、前の彼女とヨリを戻すから家を出て行けなんて絶対あなたに言えるはずないのね。突き放したりできないやつだから。何かを自分の決断で選び取ったりするのが苦手なの、すごく。分かるでしょ。だから二つのうちどっちかを選ばなきゃいけなくなった場合、あの人は今までと変わらないほうを取るの。ううん、取りもしないかも。取られなかったほうが可哀相《かわいそう》だからって自分は何もしないで、どっちかが残るまで待つのよ。相手に決断させるわけ。だからあなたが家に居座り続ける限り、私は景の本当の気持ちが確かめられないのね。だってあなたは私があきらめるまで、ただあの家でだらだらしてればそれで残れちゃうんでしょ。そういうふうに考えたら、景よりもまずあなたと話し合う必要があるんじゃないかと思って」

安堂の言いたいことはとりあえず分かったが、正直あたしは「あんたの誕生日とか知ったこっちゃないよ」としか思えなかった。女の肌は化粧でずいぶん色調整をしているみたいだが、なんとなく目元あたりがくすんで切羽詰まった印象があって、それがそこはかとない怖さをかもし出している。

「聞いてるの？」

安堂が目をつり上げて、あたしのすねを軽く蹴《け》った。足を組みかえた拍子にブーツが当たってしまったのかと思ったが、そうではない証拠に驚いた顔をしているあたしを見ながら安堂はもう一度同じように足を動かした。なんで初対面の人間にそんなことができるんだ？　受け入れがたい行為に面食らったあたしは、ユニバーサルスタジオのあらゆるアトラクションが公然と水をぶっかけてくる意味の分からなさを目《ま》の当たりにした時のようなショックを受けた。

気づけば女が持つどす黒さをどんどん吸収してしまい、とっとと帰ればいいのに椅子から立ち上がることすらできなくなっている。この手の男女のもつれ系トラブルには今までもなぜかよく巻き込まれてきたので、余裕さえあればその必死さをおもしろがれもしたけど、今のあたしには安堂の放つ負の放射があまりに強力すぎて、心の中でちゃかす気も起きなかった。

「無職で二十四時間ずっと家にいるのに家のこと何もしてないってどうなの。あなたってなんで景と一緒にいるの？　お金？　私だってこんなことあんまり言いたくないけど、あなた、女としてどうとかいう前に人間としてどうしようもないわよね。なんのために生きてるんだか分からないし、景はさあ、あなたのどこがいいと思ってるわけ？」

こんな女のいうことなんか真に受けるだけ愚かだ。これは正当な評価じゃないし、傷つけるために使われている言葉なんだから事実だと思っちゃ駄目だ。必死に自分へ言い聞かせるそばから、安堂のトゲはさらに鋭くなっていく。

「楽だから一緒にいるだけなんでしょ。二人の付き合いで建設的なこととかって一つもないいんじゃない？　お金がないから出て行けないとか言ってんのも甘えにしか聞こえないし、本当に切羽詰まってたら水商売でもなんでもやって稼ぐわよね。働く気になれないなんて、余裕があんのよ。あんたね、なめてんのよ、景のことも私のことも。どうせこれもあとで変な女にからまれたって誰かに笑いながら話すんでしょぉ？」

安堂はそれくらいお見通しだとでも言いたげにわざとらしく口の端を持ち上げた。だが目はどう見ても笑っていない。脇《わき》を通ったウエイトレスがちらりと一瞥《いちべつ》をくれていく。隣のカップルはいつのまにかいなくなっており、窓から差し込んでいた陽ももう赤いコートをあたためてはいなかった。

「ねえ、からまれたって話すんでしょ？　そうなんでしょ？」

どれくらい津奈木に未練があるのかは知らないが、何も言ってない人間相手にものすごい深読みだ。安堂がさらに語尾を荒げてきたので、「いや、別に……」と身を引くと、今度は「じゃあ私のことなんて話題にもしねえよってこと？　自意識過剰だって言いたいの？」と充血した目をむいてきた。罠《わな》だ。イエスでもノーでもこの女の毒牙《どくが》にかかる。曖昧《あいまい》に濁すとまた「馬鹿《ばか》にしてるでしょ」と興奮するし、これはもはや完全な言いがかりでしかなかった。

結局、解放されたのは喫茶店に連れてこられて一時間以上あとのことで、「今日はとりあえずいいけど、このことは絶対誰にも言うんじゃないわよ」と念押ししてブーツのかかとを威圧的に打ち付けて安堂は人混みにまぎれていった。

安堂から漂っていた香水が雑踏の気配にかき消される。息がつまっていたので思わず空を見上げると、水色と白とピンクの三層になった夕焼けはCG加工されたみたいに配色のバランスがよすぎた。全部が白昼夢だったらいいなという淡い期待を胸にしばらくその場に立ちほうけていたあたしは、自転車に乗ったおばちゃんの執《しつ》拗《よう》なベルにまるで放牧された牛のように道の隅に追いやられ、汚れた雪の名残を虚脱状態で見下ろした。

人の悪意をこれほど直接浴びたのは久しぶりで、心がすっかりやられきっている。部屋にこもって少しずつ癒《いや》していた傷口をあのブーツのかかとで容赦なくえぐられてしまった。なんであそこまで負の部分をむき出しにできるのかまったく理解できない。一歩歩くたびにどんどん腹が立ってきて、あの時こう言い返せばよかったああ言い返せばよかったという悔しさが胸のうちを駆け巡り、マンションに着くころには疲れ果ててぐったりとベッドに倒れ込むのがやっとだった。

リミットが迫っている安堂は何がなんでも津奈木とヨリを戻したいらしく、あれから毎日うちに来てはチャイムを連打するようになった。校了の時期で津奈木がほとんど家に帰ってこないことが分かっているのか安堂の襲撃に昼も夜もない。さすがは元彼女だ。

あたしはそれをずっとベッドの中でやり過ごしていたのに、一度ベランダに出た時に下の駐車場で煙草を吸いながらこちらを見上げていた安堂と目があって以来、チャイム攻撃はさらに激しさを増した。こんなことなら無職で過眠症ですなんて言うんじゃなかったなんて今さら思ってもどうにもならないし、ひっきりなしのピンポンピンポンで睡眠を毎日毎日妨げられ、よっぽど警察にでも通報してやろうかと思ったが、警官の事情聴取ほど気が滅入《めい》りそうなイベントもない。とりあえず誕生日が終わればこいつも諦《あきら》めるはずだと一縷《いちる》の望みを抱いて、無視を決め込んでいた。

もちろん安堂と会ったことを津奈木に話そうとも思った。だけど久しぶりに帰って来て早速寝室へ消えようとしている背中に「ちょっといい」と声をかけたら、「ごめん。本当に寝かせて」と疲れをにじませた声で溜《た》め息《いき》まじりに対応され、考えが変わったのだった。この男はいつもあたしに迷惑をかけられると信じて疑っていない。あたしはあんたの別れた女とのどうでもいいトラブルに巻き込まれてるんだよ、とよっぽどつかみかかってやりたかったが、どうせならもっと迷惑を被《こうむ》ってから打ち明けて土下座させてやると思い直した。

それにチャイムをひとしきり鳴らし終えた安堂は「しゃべったら、死ぬよ私」と必ずポストの隙間に口をあてて言い捨てていくので、もし津奈木がおざなりな対処でもして安堂を刺激した場合、自殺だってされかねない。あの女ならきっとこちらに最大限迷惑がかかる方法を選んで死ぬような気がして、あたしは今日も仕方なくパソコンを開いた。昨日しておいた『来たよ！　今日も寝てるところにあの女が！お陰で目覚め最悪ぜよ！』という書き込みを探して確認する。女に推測された通り、あたしはこの掲示板で安堂を散々ネタにすることで憂《う》さを晴らしていた。

『なんでそんなに来れるんですかね？　仕事とかしてない人なのかな』

『たぶん抜け出して来てるっぽい。前見たらスーツ着てたし。会社が同じ沿線？明らかに仕事終わりで来てる時もよくある』

『結婚に焦る女ってマジ怖い……』

『まともに働ける人間が過眠患者をイジめるな！』

『たぶんエキ子さんがまともに働いてる人だったら、ここまで攻撃されてないと思う。ずっと寝てる女のくせにってことじゃないの』

『いっそ自殺させてみるのもアリでは』

『でも目覚まし代わりにはいいかもしれない。自分はまた十五時間寝ちゃってました……。これでバイト連続三日遅刻。店長からは「次やったらこなくていい」と言われました。目覚ましかけたけど起きれるか不安です。みなさんはどうやって起きてますか？　二度寝しちゃうのってやっぱり自分の意志が弱いだけなんでしょうか』

『エキ子さんとこに来る元カノじゃないけど、嫁に行ける気がしない……。私も最近前の男と別れなきゃよかったってよく考えるようになった。こんな女、自分が男でも付き合いたくない』

『みなさん薬は飲んでますか？　自分はいろいろ試したけどやっぱリタリンしかないのかなって感じです。そんなに効かないけど飲まないよりかはマシ』

『過眠の薬って不眠に比べたら全然開発されてないんだよね。同じ睡眠障害なのに寝過ぎですって言っても誰にも同情されなくてツライ……』

『まあハタから見たらさぼってるようにしか見えないからね。自分もどれだけこの体質で苦しんでるか同僚に分からせたい』

『みなさん明日は雨らしいですよ。自分はもう起きるのあきらめました。おやすみ！』

　書き込みをして、あたしはパソコンを閉じた。昼の二時過ぎに安堂に起こされてダラダラしていたはずなのに、いつのまにか窓の外の日は暮れている。空腹を感じたけど冷蔵庫にはやっぱりユンパミンしかなくて、仕方ないのでマフラーをぐるぐる巻きにしてオリジン弁当まで出かけることにした。

「話があるんだけど」

　エレベーターを降りると、いきなり腕を摑《つか》まれた。確認するまでもなく相手は安堂で、一日一回の襲来だと思ってすっかり油断しきっていたあたしは、前に喫茶店でからまれた時にも増して女の目が鋭くなっている事実に気づいて、摑まれている腕から悪意がどんどん流れ込んでくるような感覚におそわれた。何があったか知らないけど、この数日で見るからにパワーアップしている。香水とまがまがしい毒気にあてられて立ちくらみを起こしそうになる。

驚きのあまり何も言えないでいるあたしの背中を押してマンションのエントランスを出た安堂は「とりあえずご飯でも食べましょうよ」と不気味な笑顔で駅のほうへ歩き出した。さりげなく腕まで組まれてしまって逃げることもできない。こんな寒空の中、まさかずっとあそこに潜んでいたんだろうか。これはもう三十代終わりだから切羽詰まっているとかそういう話なんかじゃなく、安堂の生まれ持った資質の問題としか思えなかった。

このまま風俗にでも売られるのではという予想を裏切って、連れ込まれたのは駅前の小さなイタリアンレストランだった。レンガでしつらえてある店内には真ん中にサンタクロースが降りてくるような暖炉があり、ランプにともされた暖色系の灯りによって隠れ家っぽい雰囲気を演出している。夕方の中途半端な時間帯のためか他に客は見あたらず、あたし達は喫茶店の時と同じく窓際《まどぎわ》の席に腰を下ろした。

赤いカフェエプロンを巻いた金髪の女が注文を取りに来て、あたしは牛ひき肉とズッキーニのバジリコパスタ、安堂は鶏肉のカチャトーラと水菜とキノコのサラダ、食後にコーヒーを頼んだ。食事中、目元がますますどす黒くなっている安堂は、津奈木と別れたのはまったく本意ではなかった、あれは気の迷いだった、自分は自分で仕事をがんばってきて成長したと思うしこれからはもっと自立した付き合いができると思うから、といった内容の話をクドクドと繰り返したものの、とりあえずフォークであたしを突き刺してくるようなことはなかった。

「景に私のことしゃべってないよね」

最後の一口を飲み込んだ安堂はナプキンで口元を拭《ふ》きながら詰問《きつもん》した。トマトソースなのか口紅なのか分からない赤いものがナプキンにべっとりと付く。

「しゃべってませんよ」しゃべるまでの気力も湧《わ》かなかったというのが本当のところだけど、あたしはそう返事した。

「よかった。あなたがそこまでプライドのない女だったらどうしようかと思った」

安堂は挑発するようにわざとらしく微笑したのち、「で、いつ家から出て行くの？」と声のトーンを変えて煙草《たばこ》の箱に手を伸ばした。来た、いよいよ本題だ。

「うーん、いつなんでしょうね。とりあえずまだお金がないっていうか……」あたしは食欲も失せてしまい、自分も同じようにブルゾンのポケットから煙草を取り出す。二人でほとんど同時にくわえた煙草に火を点《つ》ける。でも安堂のライターはラインストーンがびっしり埋め込まれたグッチで、あたしのはコンビニでレジ脇《わき》に売ってるやつだ。

「あなたさあ、ちゃんと働く気はあるの？」

「……ありますよ」

「じゃあなんで探さないの」

「……ピンと来るところがないっていうか」働きたいけど、どうせまたここに戻ってくるんだろうなと思うとベッドから動けなくなるんです。

「ピンとも何もないでしょ。やっぱりあんた、私のことなめてるわよね」

ああ、ヤバい。安堂の声が鋭さを帯びる。トマト味のついた鶏肉によって散漫になっていた敵意がしゅるしゅると集まって形になっていく。あたしは近くにいたウエイトレスを呼び止めて、まだ残っているパスタも含めすべての皿を下げさせた。これであと凶器になりそうなものは爪楊枝《つまようじ》だけだと素早く確認する。コーヒー、と安堂はあたしから視線を外さずウエイトレスに告げたあと、「なめてるわよね」とまたあのお得意の文句を繰り返した。

「別になめてませんって。なんでそんな話になるんですか」

「ねえ。あんた、自分が人間としていかに最低かって考えたことある？　家で寝てるだけで男に世話してもらってそれが当たり前だって思い込んで景のこと苦しめて。周りの人間が自分のせいで幸せになれなくなっちゃってるかもしれないとか考えたことないの？　ちゃんと仕事してがんばってる私がさ、なんであんたの腐りきった怠慢のせいで貧乏くじ引かなきゃなんないのよ。貧乏くじよ、本当。何もする気にならないならさ、もう死んじゃえばいいじゃん。部屋で一生寝てるのと死んでるのってほとんど同じでしょ」

やめてくれやめてくれやめてくれとあたしは必死で安堂の言葉の意味を理解しないようにする。黙って煙草をふかしていると、何を勘違いしたのか安堂は「何なの、その余裕ぶった態度！　自立する努力もしないくせに馬鹿にすんのもいい加減にしなさいよ！」と声を荒げ、テーブルに手のひらを叩《たた》き付けた。脇に置かれていた木製の伝票入れが振動で倒れる。安堂の肩越しに家族連れの客が店の人間を呼ぶべきかどうか迷っているのが見えた。

「答えなさいよ。本当に働く気があるのかどうか」

「あります」

「嘘《うそ》じゃないでしょうね」

「嘘じゃないです」

あたしはとにかく楽になりたい一心で頷《うなず》いた。なんでもいいから早く解放されたい。この女とこうして対面しているだけで確実に生きる気力がじわじわ吸い取られていくのだ。安堂が「じゃあ」と立ち上がったので、あたしも「ええ」と内心ほっとして煙草を灰皿で潰《つぶ》しながら椅子《いす》から腰をあげた。食後のコーヒーには付き合わなくて済むらしい。伝票は持たなくていいよな、とあたしは半分以上残したバジリコパスタの金額1180円をすばやく思い浮かべた。本当はオリジンで490円の唐揚げ弁当を買うはずだったのだ。

「じゃあ今すぐ働きなさいよ」

「え？」

理解が追いつかないでいると、安堂は手を上げてコーヒーを持ってこようとしていた金髪の店員を呼び、「ここアルバイトは募集してる？」と尋ねた。

あたしがおとなしく働く気になったのは、トラットリア・ラティーナが元ヤンキー夫婦が経営するまさにアットホームなイタリアンレストランだったからだ。

一見あたしとも津奈木とも安堂とも人種の違う彼らは話してみるとかなり熱い魂の持ち主で、どうにか不採用をもらおうと精神的に不安定なんだという話をしたにもかかわらず、オーナーと呼ばれた若い男は「がんばって立ち直っていこうぜ！」とあたしのタイムカードを安堂の目の前で作成した。

もちろんばっくれるつもりだった。でもその日帰って来ていつもの掲示板を覗《のぞ》くと、数日前に書き込んだ安堂の自殺発言についての論争がなぜかヒートアップしており、「そんな女自殺させたほうが世の中のため」とか「狂言かどうか見届けるべき」とか「リアルタイムで自殺レポートしろ！」とか「ていうかそんな女なんかいなくて全部こいつの自作自演じゃねえの？」とか「マジで？　だったらこいつに死んでもらうしかねえな」とか「百万くれたら俺が殺します」などの文字でにぎわう液晶に吐き気がこみあげ、あたしは緑色のパスタを洗面所で全部逆流させてしまった。

洗面台の内側にうっすら発生した黒いカビを見つめながら、こんな場所から一刻も早く抜け出さなければとようやくはっきり自覚した。酸《す》っぱい刺激臭を吸い込んで、入れ違いに大量の汁が鼻から出て行く。ねばついた涎《よだれ》が糸をひいて口から垂れて、緑色の吐瀉物《としゃぶつ》を体内から排出している自分は異星人みたいで、あたしはいつもの言い知れない不安を覚える。洗面台をぺたぺたと触る。冷たい陶器の感触がこれで正しかったのかどうか思い出そうとするけど、いまいちよく分からない。手応《てごた》え。手応えがほしい。蛇口の脇にT字カミソリが転がっているのが目に入り、それでまた高校の時みたいにあらゆる毛を剃《そ》ってしまいたい衝動にかられたあたしは、「駄目だ駄目だ駄目だ駄目だ」と呟《つぶや》いてカミソリを風呂場の窓から外に投げ捨てた。もう二十五歳なんだ。ちゃんと考えろ、自分。

次の日に行ったラティーナでまず与えられたのは、「ガッキン」という呼び名だった。店に入るなりまず元ヤンキーであるオーナーが「あだ名がないと始まらないよな」と言い、その嫁である十九歳のミズキが「じゃあ板垣のガキでガッキンでいいじゃん！」と手を叩いて、このわけの分からない名前はあたしということになった。

ラティーナは開店して三年目になるこぢんまりしたトラットリアで、従業員は今日入った自分を含めて六人。ホール担当は茶髪のミズキと、ミズキの友達だというこれまた思いっきり元ヤンキーである金髪のリナ。厨房《ちゅうぼう》で料理を作るのはオーナーと、オーナーの実母実父というまさに家族経営スタイルで、あたしは先月までホールにいたヤンキーの子ができちゃった婚で辞めた穴を埋めるために採用されたらしい。

この店は二十九歳までバイクを乗り回していたオーナーが「男なら自分の城を持たないと」と一念発起し、なんの店を持つか悩んでいたところに新妻ミズキの「イタリアンがいい！」の一声で、駅前の空き店舗を借りたのだそうだ。内装や施工はぜんぶヤンキー仲間の工務店がやってくれたのでかなり安くあがったと、さほど広くもない店の中を案内しながらオーナーは自慢した。

「あいつら馬鹿だからそこのレンガの壁にフランスの国旗描きやがったんだよな。気づいたのがオープンの日でマジで焦《あせ》ったよ」

バーを開くのにも憧《あこが》れていたとかで、厨房につながるカウンターにはあらゆるカクテルリキュールがシェイカーと一緒に並べられている。店全体に漂う妙にちぐはぐな雰囲気は、きっと壁にかけられたハイビスカスやダーツの的なんかも関係しているんだろう。

店は午後三時から五時までいったん閉めているため、初出勤の今日は四時に呼ばれた。わざわざ家まで迎えに来た安堂に店へ引きずっていかれたが、天気予報が外れて雨が降っていなかった時点で「これはチャンスなんだ」と言い聞かせていたので逃げるつもりもなかった。

「スカートの丈は絶対に膝《ひざ》から十五センチ上ね、ガッキン！」

トイレみたいな狭さの更衣室で着替えて出て来たあたしを見て、かわいい制服にこだわりがあるのだと言うミズキは厳しく指導した。慌《あわ》てて腰の部分を折り返して丈を短くしていると、いつのまにかカウンターから身を乗り出していたオーナーが「ていうかガッキン足長ぇなー」と感心している。

「ガッキンってあたしらとタイプ違うから、店的にはかなりいいんだよね。よし、あたしがギャル系でリナがお水《みず》系で、ガッキンはお嬢様系で売っていこう。しゃべり方とかもなるべく清楚《せいそ》にしてね」

六歳年下であるミズキはホールチーフらしくテキパキした口調で指示した。塗りたくられたマスカラに完全包囲されている目はそんなことをしなくても充分大きくて、小柄でよく動くからミズキはどことなくイタチ科の小動物みたいだ。

「あの、リナさんていつも夜は来ないんですか？」

「うん。基本的にはあの子がランチで、ガッキンをディナーに入れるつもりだから。もともと夜は駄目なのに新しいバイト見つかるまでって約束で無理して出てもらってたんだよね」

「お水系っていうかお水やってんだよ、あいつ」

そう言って笑うオーナーの格好は昨日みたいにホール用の白いシャツに黒パンツではなく、コックの制服だ。「でももう勘弁してくれって言ってたしな。ガッキンが来てくれて助かったわ」

「あ、そうだ。飲食店なんだからマニキュアとか指輪は禁止ね。本当はリナの金髪も駄目なんだけど、あいつバカだから地毛だって言い張ってやめないんだよね。昔オキシドール飲んだら金髪が生えてくるようになったって、ずっと言ってんの。あ、ガッキンの髪はそのまま黒がいいよ。すごい似合ってるし」

高校生の時に意味もなく坊主にしたことありますけど、とうっかり呟きそうになってやめておく。いくら鬱《うつ》だとカミングアウト済みとは言え、このままおとなしい性格と誤解されていたほうが楽だと思い、曖昧《あいまい》に笑うだけにしておいた。だるい。

ベッドが恋しい。今、目の前で行われているサーフィンとパチンコCRスーパー海物語の会話に心から興味がわかない。

ミズキはメモとペンをあたしに支給して、「あとで家で復習できるようにちゃんとこれにいろいろ書き込んで」と命じたのち、子供に聞かせるような口調で唐突に『大きなカブ』の話を始めた。目をじっと見つめて顔を寄せてくるので、こちらも真剣に聞かないわけにはいかない。

「あのね、ガッキン。むかしむかしあるところに誰のことも信じないおじいさんがいたのね。でも庭にやばいくらい大きなカブがあってさ。マジちょーでかい。それを一人で抜こうとするんだけど、あり得ないくらい抜けないんだよね」

身振り手振りを交えてずいぶん熱心に話し込むのでてっきりそれなりの意味があるんだとボールペンを動かしていたら、最終的には一人じゃどうにもできないこともみんなで力を合わせればなんとかなる、というラティーナの店訓に落ち着いていた。

「だからとにかく困ったことがあったら相談ね。そしたらみんなでミーティング開くから」

手元のメモには「カブ。でかい。じいさん。一人。無理」と単語が並んでいる。これを家に持ち帰って覚えるのはさすがにどうなんだろうと思っているとミズキが「ちゃんとメモった？」と覗き込もうとしてきたので、あたしは慌ててメモ帳をポケットにしまいながら「ばっちり」と頷いてみせた。開店まであと三十分を切っている。雲に覆《おお》われた空の下、ガラス窓の向こうを行き交う人々はみな手に傘を持っている。Jポップチャンネルに合わせられた有線からはジャニーズの新曲が小さく流れており、オーナーの適当な鼻歌が厨房から聞こえてくる。

「ちなみにガッキンさあ、うち週一のペースで閉店後、デニーズでミーティング開いてるからそれは基本的に全員参加ね」

テーブル番号とオーダーの通し方と伝票の書き方と料理の略称を早口で説明したあと、ミズキはボールペンを小さな顎《あご》にカチカチと当てて言った。

「ミーティングって何するんですか」あたしは十一卓のテーブルの場所とメモに書いた図を照らしあわせながら訊《き》く。

「んー。ラティーナをもっと良い店にするためにみんなで話し合うの。駅の向こう側にサイゼリヤができたじゃん？　あっちに流れたお客さんをどうやったら呼び戻せるかとか、何をやったらもっとお客さんが喜んでくれるかとか」

またホールを覗きに来たオーナーが「やるからには日本一にしたいべ」とチャラけた口調で言って、ミズキに「もうオーナー、ちゃんと仕込み終わらせてよ！」と追い払われた。

「自分の旦那《だんな》さんなのにオーナーって呼ぶんですね」

「あたんましだよ」当たり前のことをそう言ってミズキは振り向く。「家族でやってるからって緊張感のない店にしたくないじゃん。ガッキンのこともお客さんの前ではあたんましに板垣さんって呼ぶし。まあ、あとはあの人のこだわりなんだよねぇ。絶対に自分のことオーナーって呼べって」

嫁というよりは母親のような目つきを厨房のほうへ向けたミズキは「でも日本一ってウチら本気だから」と流しでダスターを洗いながら言い添えた。

「え……それってどうやってなるんですか？」

「そんなん気合いに決まってんじゃん」

聞けばラティーナでは、リピーター確保ならびに新規の客を開拓するためジャンケン大会やクリスマス祭りなど手を替え品を替え、まるでキャバクラのようなイベントを月に一度開催しているとのことだった。

経営的にはなんとか赤字は出てないものの、大部分がヤンキーだった頃の仲間が週に何度も訪れては「ヒロちゃん頑張れ」と馬鹿《ばか》みたいな量の料理を注文して酒を浴びるように飲んでくれるからで、「あいつらにいつまでも甘えてるわけにはいかねえ」とオーナーはあれでも真剣に考えているのだとミズキは誇らしげに話した。

五時前になると、家がすぐ近所だというオーナーの両親もやってきて挨拶《あいさつ》された。二人とも従業員というよりは六十代の見るからに人のよさそうなお父さんお母さんだ。ショートの髪をナチュラルブラウンのヘアカラーで染めて金縁眼鏡をかけたお母さんは誰にも目につかない厨房でパスタを茹《ゆ》でたりするだけだからと自前のエプロンを付けているし、路上で寝転がってそうな雰囲気さえ漂う白髪で股引《ももひき》をはいたお父さんに至ってはさっそくチューハイを作ってチビチビ飲んでいる。

「おい、仕事終わるまで駄目だって言ってんだろ!」

オーナーがグラスを取り上げると、父親はえさをおあずけされた老犬のようにしょんぼりして、流しに積まれていた汚れた皿をのろのろと洗い始めた。

「いいじゃない、一杯くらい。ヒロ君」

「ヒロ君って呼ぶな！」

「すいません。オーナー」目元のそっくりな母親が眉《まゆ》をおおげさに下げて謝る。

「あんたらがそんなだとガッキンにも示しがつかねえだろ！　プロらしくきちんとプライド持って働けよ！」

　巻き舌でがなる息子の剣幕に母親は肩をすくめ逃げるようにしてあたしの脇まで来ると「聞いたよ。あんた鬱なんだって？」と話しかけてきた。

「ええと、まあ」

　オーナーの母親は社交的な人らしく化粧もきちんとしていて歳《とし》よりは若く見られそうな快活な印象だったが、こうして近くで見るとやはり従業員というよりはみかんの白いスジまで取ってくれそうな母親というほうがしっくりきた。水仕事でかさついた手でそっとあたしの手を握り、「東京に出て何年目？」と言う。

「七年……くらいですかね」

「あのねえ。鬱なんて病気、寂しいからなるに決まってんの。こんなほっそい手ぇしてご飯ちゃんと食べてる？」

「お弁当とかなら」

「コンビニ？」

「あとスーパーの……」

「ああもう、あんなのぜんっぜん駄目。私がまかない作ってあげるから、あんた今日からここでちゃんと食べていきなさい」丸めていた背中を勢いよく叩《たた》かれる。

「良かったじゃん、ガッキン。お母さんのまかない超うまいんだよー」ミズキが八重歯を出して笑っている。

「私らのことは家族みたいに思ってくれていいから。ね。みんなでごはん食べてたら、あんたの鬱なんかすーぐ治るの」

　ガッキンのこと俺らで鍛えていこうぜ、とオーナーは文化祭で一致団結するクラスメイトみたいなノリで提案したあと、厨房の隅でチューハイを飲んでいる父親を見つけ「殺すぞ」とキレた。いつものことなのかお母さんとミズキは「しょうがないなあもう」と目配せし合っている。

　こんな健やかな心を持った人達と本当にうまくやっていけるのだろうか。トイレに入ったあたしは額に飾ってある『不器用だっていいじゃない、人間だもの』というオーナーの趣味に違いない相田みつをの句を読みながら自問自答した。あまりにも育ってきた環境が違いすぎる。今まであたしが好んで付き合ってきた人間は少なくともどこかひねくれた部分や人として何かずれた部分があって、それはあんなにつまらないことしかしゃべれない津奈木だってそうだ。

津奈木は自分の意見を主張しないことで、自分の中で作り上げている世界に他人を介入させない。自分と他人の間に絶対的な距離を置いていて、年に漫画や小説を百も二百も読んではその価値観にじっくり浸り、強固な津奈木ワールドを築きあげている。口数が少なくて人当たりが柔らかいからいい人だと勘違いされるだけで、あたしに言わせればあれほど他人に無関心な男もいない。

津奈木にとっては、すべてがしょせんは窓の外の出来事で、だから今までどの男とも長続きしなかったこんなあたしと三年も続いているんだろう。コンパの夜、女のミュールにゲロを吐いて逃げたあたしは自分という人間の、なんていうか「味の濃さ」みたいなものに辟易《へきえき》して、津奈木という男の味のなさに子供のようにしがみついたのだ。

「あんたの味のなさ、あたしにちょうだい」

飲み過ぎてろれつの回らない舌であたしは何度もそう言った。津奈木が何を考えてるか分からないのはその頃からで、それでも同棲《どうせい》を始めたあたし達が恋愛っぽいことをしていたと思える時期は確かにあった。

眠っている時に津奈木の顔を触ると体をゆすって応《こた》えるのが動物みたいでかわいかった。ほとんどあたしのオンステージだったけど物真似《ものまね》大会だってよくやった。セロハンテープ芸をやりつくしたあたしが文句を言うと、津奈木は津奈木なりに長いあいだ考えて『未来のJR社員』なんてシュールなネタをやってくれて、あの構内アナウンスは夢に見るほどウケた。

上野の森美術館にピカソ展を観《み》に行って「ラーラリラーって感じだね」ってコメントした時、「ラーラリヒーって感じだと思う」と真顔で返されて、あたしは死ぬほど嬉《うれ》しかったし、この男のことが大事だと心から思った。馬鹿みたいだったけど、あれが恋愛じゃなかったらあたしは恋愛を知らない。

でもやっぱりあたしの味は濃いままで、バイトをやってはトラブルを起こしてクビになり、黙々と仕事をこなした津奈木はあの歳で編集長にまでなった。どこでおかしくなっちゃったんだろう？　なんで二人で一緒にいるのか今はもうよく分かんないよ津奈木。だってあんたよりここの人達のほうが優しいし、あたしのこと考えてくれるんだよ。

鬱陶しさに若干の戸惑いはあるものの、ラティーナのみんなから向けられるやたら温かい眼差《まなざ》しこそ今の弱っている自分が必要としているような気がしなくもなくて、あたしはここでちゃんと働こうと思った。もう昨日までの生活なんか繰り返したくなかった。うららかでいい天気の公園を天国みたいに想像して、ベッドの中で「いいなあ」なんて何十回も呟《つぶや》くのは嫌だった。

今日は店閉めたあとここでガッキンの歓迎会するからね、とミズキの声がフロアから聞こえる。鍋《なべ》しようぜ鍋、とはしゃいだオーナーの声もする。何してんのそろそろ店開けるよガッキーンと呼ばれたので、あたしは慌《あわ》てて下着をあげて便座から立ち上がった。

「いやあ、にしてもあっそこまでどんくさいとはなあ」

ジャージに着替えたオーナーが真ん中の席にどっかり座りながら大げさな声をあげ、でもまあ一日目終了ってことでお疲れ、と自分でサーバーから注いだ生ビールのジョッキを掲げて乾杯の音頭を取った。同じくビールを持ち上げたあたしの斜め向かいにいるお父さんは、みんなが席に揃《そろ》う前からとっくにチューハイを至福の表情で舐《な》めていたので、客のいないラティーナ店内にぶつかりあって響くグラスの数は四つだ。

「マジであたしもビビったよー。ちょーテンパってたもんねぇ」

椅子《いす》から腰を浮かせてカセットコンロの上の鍋に肉と野菜を手際《てぎわ》よく入れていくミズキは、その時の驚きを再現でもするかのように大きく目を見開いた。「まあ最初の相手がジンさん達だったからウケてたけどさぁ。知らない客だったらかなりヤバかったよ」

「お前、二十五なんだからもっと落ち着けよ」

オーナーに笑い飛ばされ、あたしは「すいません……」と小声で謝って鍋のアク取り作業を続けた。厨房《ちゅうぼう》からごはんを持って戻ってきたお母さんが「何よ。鬱って言葉ちゃんとしゃべれなくなんの？」と指についた米粒を歯で取りながら質問してくる。

「いえ、たぶん緊張しただけで……」

「マジでいいキャラだよ、ガッキン」

ミズキは白菜を運んだあとの菜箸《さいばし》を小さくあたしに向かって回し、ダシが飛ぶべ、とオーナーに叱《しか》られた。お母さんが笑ったのでつられてなんとなく雰囲気で笑っていると、「ガッキン、取ったアクどこに捨ててんの？」とミズキに聞かれ、そこで初めて自分がすくったアクをそのまま鍋に戻していることに気づいた。

「ちょっとー！　また魂抜けてるよー！」ミズキが口を尖《とが》らせて叫ぶ。「そういえばさっき外の階段拭《ふ》いてもらった時もさあ、なかなか戻ってこないからサボってんのかなと思って見に行ったら、二十分前と同じ段ボーっとしながら拭いてんだよ？すごくない？　うっかりしすぎてない？」

「お前、今までよく生きてこれたなー」

終始眠気に付きまとわれているせいでおもしろいほどミスを連発し、あたしはすっかり今日一日で「放っておけないガッキン」として、マスコット的な地位を築き上げてしまったらしい。オーダーを間違えるのはもちろん、無意識のうちにセロハンテープを十本の指すべての第一関節あたりにきつく巻き付けてしまっていた。先が紫色になった指でパスタを出したらお客に「ぎゃあ！」と叫ばれた。

でもそんなあたしの奇行をみんなはなぜか「うっかりさん」という言葉で受け入

れてくれたようで、オーナーのパチスロ仲間からもからかい甲斐《がい》のある子だと親しみを覚えられ、心配せずともあたしはすんなりここになじめてしまったみたいだった。

「ねえ、そういえば今月のイベントさあ」

あたしがほとんど旅行はしないという話題から「今度リナがハワイに行くからおみやげに何を買ってきてもらうか」という話でひとしきり盛り上がったあと、自分は梅酒ばかり飲んで人の皿に肉や野菜をせっせと取り分けていたミズキが切り出した。

「せっかくガッキンも入ったし、ミズキとリナと三人でなんかかわいい感じにしたいんだけど」

ミズキの様子は最初に比べてだいぶ崩れてきている。「大事なのはホウレンソウね。報告のホウと連絡のレンと相談のソウ。ほら、ちゃんとメモって」とバイト中、商売のなんたるかを熱く語られた時は若いのにしっかりしてるなあと思ったが、もしかしたら十九歳の娘がホールチーフなんかしてなめられないように、という気負いがあったのかもしれなくて、そうして舌足らずな感じでしゃべっているとさすがにまだ幼さが漂う。

「じゃあまたあれにすれば。浴衣《ゆかた》祭り」アルコールが回って上機嫌になった父の意見を、「バーカ。冬に浴衣とか関係ねえだろ。考えてから発言しろ」と息子は一蹴《いっしゅう》してから、

「なんかいいアイディアあんの？」

　ともうすっかり煮詰まったダシ汁の中に残っていた具をオタマでまとめてすくい上げた。冬に浴衣も確かにおかしいけど、イタリアンレストランと浴衣の繋《つな》がりも皆無だよな、とあたしは心の中で確認する。でもそんなちっぽけなことにこだわんなくたっていいんだ、人間だもの。

「うーん、結局無難にバレンタインっぽいことするしかないと思うんだけど、まあその前にガッキンをちゃんと教育しとかないとね」

「確かになあ。ずっとキョドられても困るもんな」

　日本酒を飲みたいと申し出てもいいのかそれとも遠慮してビールにしておくのが無難なのかと箸をくわえて悩んでいたところに二人からの注目を浴び、あたしは思わず「え、なんですか」と声を出した。

「だーかーらー、ガッキンの鬱《うつ》を早めに治したいねって言ってんの」とミズキがコンロの火を止め、「ていうか鬱って何？　なんで鬱なんかになんの？　よく分かんないんだけど」と付け加えた。

「えーと……」答えに詰まっていると、お父さんにねだられてこっそりチューハイのお代わりを作ってきたお母さんが「この子は一人で寂しいんだよ。だからこうやってみんなでご飯食べたりしてるのが一番いいの。焦《あせ》ったりしたら余計悪くなるの」とあたしの肩を力強く抱き寄せて言い切った。

「それ本当？　あたってんの？」

オーナーがあたしの顔を覗《のぞ》き込む。その間に割って入って「本人だって気づいてないんだよ」とお母さんがまたしても断言した。

そうか。あたしは一人で寂しかったのか。こうやってみんなでご飯食べたりしてるのが一番いいのか。そう考えてみると、津奈木との生活はだったらなんなんだろうな、と思えてくる。安堂の言う通りただの依存だとして、そんな関係だからお母さんの言う通り寂しくて鬱になっちゃったんだとしたら、あたしは自分のことが本当に何も分かってない。

「日本酒飲んでもいいですかね」思いきって訊《たず》ねてみる。

「お前図々《ずうずう》しすぎ」声をあげつつもオーナーは「持ってきてやれよミズキ」と許可をくれた。「マジで今日だけだからね」と低く呟くミズキから、ここの店のお酒落《しゃれ》なのかおちょこではなくショットグラスを受け取って、八海山を冷やであおる。

一口で飲み干すと胃の奥から熱がこみ上げて、それまで動かすのも億劫《おっくう》だった舌がなんとなく軽くなり、あたしは右隣に座るお母さんに初めて自分から話しかけた。

「あの。あたし本当になんとかなりますかね？」

「なるよ。若いんだもん。なんとでもなるなる」

「この一員としてやっていけますかね」

「遠慮しなくていいよ。もうあんた家族」

あたしは嬉しくなって二杯目の日本酒を手酌で空のショットグラスに注いだ。鍋を囲むこのテーブルは善意があふれる場所で、自分は今その椅子の一つに座って、ちゃんと一員として受け入れられている。あんなにどこでも浮いていたのに。すごい、あたしやればできるじゃん。

お父さんはいつのまにか突っ伏して寝ていて、お母さんが「風邪ひくよ」と声をかけても変な寝言で返事するだけだ。白いチョークで『今日は雪が降るみたいですね。寒い時はワインでも飲んであったまりませんか……？』と今日のメッセージが書かれた小さな黒板の前で、オーナーとミズキはあたしをどうやって立ち直らせるかについて真剣に話し込んでいる。

「やっぱ子供のころの辛《つら》いトラウマとかが原因なんじゃん？」

「レポート提出させようぜ。前にリナにも書かせたことあったろ。うちで社員になるって話断った時に『なんで私はホステスするのか』」

「あったねー。服のショップ作りたいからとかそういえば書いてたけど、あんなブランドばっか買って貯金なんかできるわけないじゃんね」

「リナは馬鹿だからな。まあガッキンも馬鹿っぽいけどあいつほどじゃねえだろ。書かせようぜレポート」

「これまでの人生とかちょー悲惨だったらやばいね」

「でもうちで働くからには放っておかないよ俺は」

　あたしはそんな光景を眺めながら、久しぶりに声を出して笑っていた。気づいたオーナーが「お前のこと相談してんだろうが」と怒る素振りをしてみせて、それがまたおかしくてあたしは笑った。

「ちょっと、ガッキンが壊れたよ。きもーい」

顔を大げさにしかめて逃げるように肩をよじってみせたミズキを「壊れてません って、もー」とあたしは軽く手のひらでぺしんと叩《たた》く。驚くほどこの場になじんでいて、こんなのはまるで自分じゃないみたいだ。

「ちょっとトイレ」と立ち上がると、オーナーが目を細めながら「お前、便所よく行くよな」とからかうような口調で言った。

「下痢?」ミズキが身もふたもなく尋ねる。

「あの。違いますから」あたしは慌てて否定した。確かにバイト中もやたらトイレに行ったけど、それはみつをを読んで気持ちを落ち着かせるためであって、あたしは津奈木みたいに今食べたものをそのまま出すような女じゃない。でもオーナーは「店開ける前もずっと出てこなかったしな」ともはや確信以外の何ものでもない表情でにやついている。

「本当に違うんですって。ウォシュレットがね、うまく使えなくて」このままじゃガッキンからゲリ子に呼び名が変わるんじゃないかと恐れたあたしは早口で弁明した。

「はあー？　なんで。あんなのボタン押すだけじゃん」

自分用のプリンを冷蔵庫から出して来たミズキがスプーンをくわえたままビニールの蓋《ふた》をビロビロとめくる。万能ネギが入っていた小さなボウルの脇《わき》に置かれた蓋は、まるで変態でも遂げるかのように両端から丸まった。

「だってウォシュレットってなんか怖いでしょ。水がどこに出てくるか分かんないし」

「どこって真ん中だよ、真ん中」煙草《たばこ》を吸い出したオーナーが軽く煙を手で払いながら言う。

「そうなんだけど、もし機械が壊れてて水圧がおかしいくらい強くなってたらビデ壊れるよ、とか考えません？」

「考えるわけないじゃん。ガッキン、頭大丈夫？」ミズキはオーナーの口にスプーンを運んでやり、プリンを一口食べさせた。「ビデは壊れねえべ」

「だって水ってなんでも切れるんですよ」

閉じこもっている間にニュースで観《み》たのだ。鉄をまっぷたつにしている水の映像。

「あとノズルが変な角度になってて尻《しり》の隙間《すきま》から天井にめがけて噴射するんじゃないかとか……！」

　声がうわずっているのが分かったけど、どうすることもできない。てっきり誰もが抱いている恐怖だとばかり思っていたあたしは必死になってオーナー母に目で助けを求めたけど、「ないない」と首を振られてしまい、言葉を失った。

　今まで浮かされていた熱が徐々に頭からひいていく。突っ伏していたオーナー父を揺り起こして「ウォシュレット怖いですよね？」と耳元で叫ぶと、「怖くねえ！」と腕を振り払われ一蹴されてしまった。

　やっぱり無理だ。

　もうすでにいつものあの無感触の世界があたしの中で膨らみつつあって爆発しつつあって、目の前の鍋の光景が全部自分が作り出した妄想《もうそう》なんじゃないかと一瞬ぞっとする。本当は夢うつつのまま、あたしは一人で小学校の校門の前に立ち、行き交う子供にぶつぶつ話しかけてるんじゃないだろうか。まさか。そんなことはあり得ない。でも元ヤンキー達と自分は百万光年離れたところで生きている別の生き物だとはっきり分かる。自分だけがただ一人、場違いなところに来てしまった人間で、やっぱりあたしは緑色の吐瀉物《としゃぶつ》を口から出す女で、結局何ともつながっていないのだ。

あまりに呆然《ぼうぜん》としているので、お母さんが「飲み過ぎたんじゃない？」と心配そうな顔で言う。「ちょっと外で酔いを覚まして来ます」と立ち上がり、あたしはふらふらと店を出て斜め向かいの小さな駐車場を目指した。

雪が降り出している。あたしは気づくとキャンプがよく似合いそうなワゴンのサイドミラーを掴《つか》んでよじ上り、ボンネットにブーツのかかとをめりこませて立っていた。

車体がミシミシと軋《きし》む。堅いものがベコンと凹《へこ》む感触がある。ショートブーツのジッパーを下ろして地面に脱ぎ捨てたあたしは、その冷えきった鉄の塊をストッキング越しの足の裏に感じながら、力を込めて体重をかけ、ボンネットが歪《ゆが》む音を聴いた。やぶけたフェンスをくぐろうとしていた猫が身をひるがえして一番近い車の下へ隠れた。

フロントガラスに足をのせ、雪をワイパーのように蹴散《けち》らした。狭い駐車場には六台の車がひっそりとひしめきあうように止められていて、あたしは夢中で次々とその車の屋根を飛び移った。軽自動車。普通車。RV車。ハイエース。また普通車。落ちてもまたよじ上ってを繰り返す。バランスを崩して尻餅《しりもち》をついてしまい、ルームミラーにキティちゃんがぶら下がっている紫色のBMWの屋根には、丸い尻の跡がくっきりと残った。あたしは何度も飛び上がってその尻の跡をさらに深くしていく。

「ガッキン、何やってんの！」

声がして振り向くと、心配して様子を見に来たらしいミズキが口を開けたまま店の前に立っていた。

「……………」

車から飛び降りたあたしはブーツを拾って店に戻り、更衣室に置いていたバッグや上着を手に取った。

「なに、帰んの？」呆気《あっけ》に取られた顔で訊《き》いてくるオーナーを無視してトイレに入る。タンクの陶器製の蓋を持ち上げて床に叩き付けて派手に破壊し、それから壁のみつをの額縁を便器にぶち込んだ。「何やってんだよ？」とオーナーがドアを叩いていたが構うことなくビデボタンを押して一本の曲線が水芸のように空中に飛び上がり始めたのを確認し、トイレから出たあたしは店を一度も振り返ることなく全力で疾走した。

運動不足がたたって、まだ五軒先の中華料理屋の前までしか来てないのに息はあっという間にあがる。バッグからは一拍遅れて中の荷物が重さを伝えてきて、持ち手が肩に食い込む。背後でミズキの声がガッキーンガッキーンとこだましているのを聞きながら、あたしは夜の商店街をどこまでも逃げた。

うちのマンションの屋上はめずらしいことに出入り自由のスペースになっていて、天気のいい昼間や夏の夜なんかは住人が設置されたプラスチックの椅子《いす》に座って本を読んだりビールをのんだり思い思いの時間を過ごして下さいよというサービスで開放されているのだが、高速道路の排気ガスがひどくてほとんど誰にも利用されていない。

ましてやこんな真冬の雪降る深夜にわざわざ出てくるような人間はさすがにいなくて、いきなり携帯で呼び出された津奈木は今度は一体何が始まるんだと思ったことだろう。

鉄の扉の前に立ったままの津奈木が驚きすぎて何も言えないでいるみたいだったので、しょうがなく自分から「復活したよ」と笑いかけてみる。

津奈木は喉仏《のどぼとけ》を動かして唾《つば》をゆっくり飲み込んでから、「何やってんの？」と小さくかすれた声を出した。あたしは縦長の屋上の一番奥にいたので、首都高を照らすオレンジ色のライトを後ろから浴びる津奈木の表情がよく分からなくて手を額にかざした。

荷物を積んだトラックが右から左へとビュンビュン走っていくのが見える。防音用の塀が設置されているのはなぜか反対車線側だけなので、運転手がこちらに気づきさえすればあたし達の姿は向こうからも確認できるだろう。

「ねえ津奈木。あんた、びっくりしすぎて眼鏡ずれてるよ。コントの人になってるよ」あたしはキリキリと冷たいフェンスに背中をあずけて、上半身を宙に投げ出すような格好で言う。

後ろには電線が今にも切れて落ちてきそうな寂れた鉄塔と生産緑地地区とかいう農園がかなり向こうのほうまで広がっている。その光景が高速道路とあまりに別世界すぎて、まるでこの縦長のマンションを挟んで静と動を取り合おうとしてるみたいだ。

津奈木は少し気持ちが落ち着いたのか眼鏡を指で直しながら「なんで全裸になってんの」と慎重な口調で訊いた。「イタリアンレストランでバイト始めたんじゃなかったっけ」

「始めたよ」あたしは途中コンビニで買ってあたためてもらった焼酎《しょうちゅう》を飲んで答えた。「始めて全裸になっちゃってんだよ」

そのまま頭を後ろに倒していくと、農園の向こうの深夜の住宅街がさかさまに見渡せて、あたしはさらに背中を反らせた。荒々しいトラックの音だけはずっと聞こえているから、こうして見ると両側のバランスの悪さがつくづく分かる。

「落ちるよ」津奈木が見たままの注意をする。

ちまちました一戸建てやアパートの屋根が遠くに並んでいる白い景色の中で、こないだまでキャベツを植えられていた畑は今はただの土の集まりで、そこだけ四角い穴が開いているように見える。空になった酒の瓶を地面に落下させてから、あたしはようやく体を起こして津奈木と目を合わせた。

「仕事終えて帰って来たのに、今度はこんな女の相手しなきゃなんないなんて大変だね、あんたも」

　笑ったせいで口の端から垂れた酒が首を伝って鎖骨のあたりまで流れていく。あごを引いてそれを見ようとしたら自分の陰毛が目に飛び込んだ。あたしの肌はアルコールが回っているせいで全身が赤くほてっている。よく見ると鳥肌が立っているのも仕方ない。でも寒いとかはそれほど感じなくて、あたしは降ってくる雪を鎖骨のくぼみで受け止めながら「脇の永久脱毛しておいてよかった。絵になる」と言った。

「鬱《うつ》は？」

　さすが津奈木は早々とこの状況に適応したらしく、屋上の扉を閉めてこちらに歩き出した。

「終わった」

「そうか。今回はまあ長かったね」津奈木はサクサクと小さく足音をさせながら返事する。「ああ」とか「うん」とか「へえ」じゃない、久しぶりにちゃんとしたレスポンスだ。

「でも代わりに今度はこういうことになっちゃったけど」

「うん。いきなりだったから結構びっくりした」

本当に極端だよ、と津奈木は自分のコートを脱いであたしに着せながら頷《うなず》いた。鼻の頭が赤い。表情があまりないから何を考えているかは相変わらず分かりにくいけど、おかしなスイッチの入っているあたしを刺激しないよう細心の注意を払おうとしてるんだろうか。

「とりあえず寒いから部屋に行こう」と肩に伸ばされた津奈木の手を振り払って、あたしは「あんたに話しておきたいことがある」と声を強めた。

「いいけど」津奈木が少しだけためらった口調で続ける。「その話はここで、全裸じゃなきゃ無理？」

「ごめん。ここで全裸じゃなきゃ無理だわ」

「……分かった」

あたしの即答が予想されていたように津奈木は柔らかく納得して、宙に放り出されていた手を下ろした。今強引に部屋へ戻そうとすることが損にしかならないことをちゃんと知っているのだ。事態が一番スムーズにおさまる最短の道をこの男はいつだって選ぶ。

「津奈木。あんた、あたしといて疲れないようにしようとしてるでしょ」

「……別にしてないと思うけど」津奈木は曖昧《あいまい》に首を傾《かし》げる。

「してなくないよ。してるんだよ」

「……仕事が今ちょっと大変だから」津奈木は眼鏡を外して眉間《みけん》を指でかきながら答えた。女の人は苦手ですねと最初に会ったコンパで言っていたことをなんとなく思い出す。

「ごめんね」あたしは息を吸い込みながら静かに言う。安堂みたいに目をむいて声を荒げないように。「今から嫌なこと言うけど、いい？」

うん、と津奈木は答える。

「あたし、楽されると苛《いら》つくんだよ。あたしがこんだけあんたに感情ぶつけてるのに楽されるとね、元取れてないなあって思っちゃうんだよね。あんたの選んでる言葉って結局あんたの気持ちじゃなくて、あたしを納得させるための言葉でしょ？」

あたしはいったん言葉を区切って細く息を吐きなおす。でも津奈木が少し沈黙したのち「ごめん」と返事したのが引き金になって、

「だからなんのごめんなの、それ。津奈木はさ、すごい誤解してると思うんだけど、あたしを怒らせない一番の方法はね、とりあえず頷いてやり過ごすことじゃないから。あたしが頭使って言葉並べてんのと同じくらい謝罪の言葉考えて、あたしがエネルギー使ってんのと同じくらい振り回されろってことなんだよね」とまくしたててしまう。津奈木はそれでも「うん」と頷くだけで、自分のように一ヶ月近く鬱で部屋にこもっていた反動でベラベラと話し出したりはしない。

「あたしと同じだけあたしに疲れてほしいってのはさ、やっぱ依存？」

落ち着こうと袋から二本目の焼酎を取り出したけどさすがにもう冷えていて、「ごめん、煙草《たばこ》ちょうだい」と津奈木に手を差し出した。

素っ裸にコート一枚を羽織った格好で煙を吐き出して高速道路を眺めながら、どうしたら説教じゃなくて会話になるんだろう、どうしてこんなに努力してるのにあたしの言葉は誰にも伝わらないんだろう、と考えていたら笑えてきて、なんで笑っているのか分からないという顔で津奈木がこっちを見たので、

「バイト先の人がすごく優しくていい人達で、一瞬『あ、これはいけるかな』って思ったんだよね」と言った。

津奈木の口からも白い息が漏れている。一緒に煙草を吸っているのかと思ったけど、手は両方ともポケットに突っ込まれたままだ。あたしのあげた手袋はやっぱりしてない。こんなに忘れるのは津奈木にとって必要ないものだからなんだろうか。

「弱ってるといろんなことが分かんなくなるね。ねえ、すごいよ津奈木。あたし相田みつをの句に感動しちゃったよ。あんたある？　みつをで泣けたこと。泣けたよ、普通に。みつをがしみたよ。でもやっぱりなんか違うんだよね。みんないい人達だしさ、あたしのこと本気で心配してくれたり家族だと思いなさいってそこのおばちゃんに言われたのとかも普通に嬉《うれ》しかったんだけど」

　ムード歌謡を最大のボリュームで流しながら、色とりどりの光を放つけばけばしいトラックが視界を通り過ぎていく。道路はきれいに除雪され、向こうだけ見ていると雪が降ってることとさえ忘れそうになる。

「いけるって思えたんだけどなあ。なんか本当いきなり。なんなんだろうね、あれは。ウォシュレットの怖さが分かんないって言われて急にどうしていいか分かんなくなっちゃって。ねえ、津奈木。たかがウォシュレットだよ？　あたしはさ、あの場所を何がなんでも大事に守ろうって思ったのにそんなことで滅茶苦茶に壊しちゃったよ。せっかくうまくいきそうだったのに。駄目だね、ほんと」

そこまで一気にしゃべって笑ったけど、津奈木は笑わなかった。目を細めて辛《つら》そうな表情でこっちを見ているだけで口を開こうとはしない。

「ねえ、どうしよう。駄目だよあたし。頭おかしいよ」

笑っていたはずなのにいつのまにか自分の声が涙ぐんでいることに気づいて、その顔を見られたくなくて、あたしは思わず津奈木にすがりついた。両腕を摑《つか》まれた津奈木はあたしの背中をさするようにしながら小さくうんうん頷くだけだ。

「頭おかしいのってなおるのかなあ。あのさ、あたしいっつも津奈木に頭おかしいくらいに怒るじゃん？　怒るのとかもすごい疲れるんだよ。なんで怒ってんだか分かんないし、自分で自分に振り回されてぐったりするし、でもがんばろうと思ってバイト行ってもすぐ鬱になるし、鬱なおっても躁《そう》になるし、躁が落ち着いたらどうせまた鬱が来るんだとか考えたら、もうどうしていいか分っかんない。ねえ、あたしってなんでこんな生きてるだけで疲れるのかなあ？　雨降っただけで死にたくなるって、生き物としてさ、たぶんすごく間違ってるよね？」

津奈木の顔を見ることができない。肩におでこを強く押し付けるような格好のまま、あたしはしゃべり続けた。セーターの毛がちくちくと頬に刺さる。

「あんたが別れたかったら別れてもいいけど、あたしはさ、あたしとは別れられないんだよね一生。うちの母親は今でもたぶん雨降ったら寝てると思うし、あたしだってこんなふうに生まれちゃったんだから死ぬまでずっとこんな感じで、それはもうあきらめるしかないんだよね？　あきらめなきゃ駄目なんだよね？　いいなあ津奈木。あたしと別れられて、いいなあ」

あたしはこんな自分に誰よりも疲れていることを津奈木に知ってもらいたくて、わざわざ全裸になって屋上で待ったのだ。最後の最後まで津奈木に一緒に疲れてほしいと願っている自分に心から嫌気がさしたけど、どうしてもそうせずにいられなかった。鼻水を垂らして泣くあたしの手を握りながら、津奈木は静かに「……いいよ。ちゃんと疲れるよ」と言う。

「振り回すから。お願いだから楽しないでよ。最後なんだ」

畑が見える。津奈木の肩越しでマンションの向こうにぽっかりあいた大きな穴。そこへ雪が吸い込まれるように消えていく。コートのはだけた部分の素肌を津奈木に強く押し当てながら、一体自分は何とそんなにつながりたいんだろうと考えてみるけど、やっぱりちゃんとした答えなんか出なくて、あたしはさらに力を込めて津奈木の首回りにきつく両腕を回した。ざらついたジーンズの生地が太ももに擦れる。ベルトのバックルが骨盤に痛いくらい当たってひやりとする。

「ちょっとさ、こんなあたしのどこが好きだったか言ってくれる?」鼻水をすすり上げて耳元でささやくように唇を近づけると、眼鏡のツルがこめかみに触れた。

「なんであたしと三年も一緒にいれた?」

「なんでだろう」

津奈木は前のめりになりながらもいつもの淡々としたしゃべり方で話し出す。呼吸に合わせて胸板が動くから、声は体に直接響いているみたいだ。

「初めて会ったコンパで、寧子がパルコのカードが作れないって言ってたの、すごくよく覚えてる」

「……そんなこと言ったっけ?」

「あんなの申込書に適当に名前書いとけば誰でも入れるのに、パルコのやつらに是非ってすすめられたから嫌々入ったのに、『審査の結果、今回は見送らせていただきます』って通知が来たって怒り狂ってた」

「ああ、そんなことあったね。そういえば」

車の免許もないし、年金も国保も未納だから保険証もないし、海外行ったことないからパスポートも申請してないし、身分の証明できないあたしは未《いま》だにツタヤでDVDさえ借りれない。

「こういう時、自分の何かがみんなに見抜かれてる気がするんだって言われてちょっとびっくりした。俺も昔似たようなこと考えてた時期があって、でも俺はいろんなものを自分に近づけないようにしただけだったのに、寧子はゲロ吐いて頭から血流したまま意味もなく走ってて、すごいと思ったよ。土手をずっと後ろからついて走ってた時に、パルコ死ねパルコ死ねって叫んでる寧子の青色のスカートの裾《すそ》がゆれてきれいだったんだ、すごく。こういう意味が分かんなくてきれいなものがまた見たいと思ったから」

「……それが、あたしといた理由？」

「それだけじゃないけど」津奈木が小さく頷いたのが伝わる。

「あのさ、これはあたしの直感なんだけど」津奈木のセーターに顔を埋《うず》めながら、半分独り言のように言う。「北斎が五千分の一秒の富士山を描けたのって、やっぱりその瞬間お互いの中で何かが通じ合ったからだと思うんだよね。だって北斎より富士山のことを分かろうとした人間ってたぶんいないだろうし、富士山は富士山で自分のことを何から何まで知ってもらいたくて、ザッパーンの瞬間をわざと見せつけたはずなんだよ絶対」

ゆっくりと体を離したあたしはコートを脱ぎ捨てて反転し、屋上をまっすぐ走り抜ける。首都高側のフェンスまで勢いよくたどり着いてから、オレンジ色の光を背中に受けるようにして浴び、振り返った。何もない暗闇《くらやみ》を背景にして立っている津奈木に向かって、トラックの騒音にかき消されないよう大声で叫ぶ。

「あたしはもう一生、誰に分かられなくったっていいから、あんたにこの光景の五千分の一秒を覚えてもらいたい」

涙と鼻水が一緒に流れてひどいざまだ。津奈木は言われてることが理解できないのか光を反射させた眼鏡でじっとこっちを見ている。

「あたしがあんたとつながってたと思える瞬間、五千分の一秒でいいよもう」

緑色の吐瀉物《としゃぶつ》を出して、この先何ともつながらなくて、五十歳になったあたしの頭がやっぱりおかしくても、雪降る屋上で首都高をバックに全裸で立っているこの自分の姿が津奈木にとっての富士山だったら、それで満足してやる。

「どうなのよ、そういうの」

両手両足を広げたあたしを眺めた津奈木は「いいと思うよ」とどこか熱に浮かされたような声色で返事する。トラックの走り去る振動を感じながら、本当は津奈木にあたしのことを何から何まで全部全部全部全部理解してもらえたら最高に幸せだったのにと思うけど、あたしが自分のことを何も分からないんだから、それは無理な話だ。あたし達が一生ずっとつながっていることなんかできっこない。せいぜい五千分の一秒。

津奈木はあたしの腕を摑んで屋上の扉のほうへ歩き出した。階段を降りていくと、部屋の前には憤怒の形相の安堂が立っていて、「あんた何やってんの？」とあたし達を見つけるなり口を開いた。たぶんオーナーから突然トイレで暴れて失踪《しっそう》したと、携帯番号を教えていた安堂に連絡でも入ったんだろう。化粧もそこそこに髪を振り乱した女の様子は洒落《しゃれ》になっていなかった。

「ねえ、なんでそいつ裸なのよ。景」

津奈木は安堂を完全に無視して、あたしの手を引っ張ったまま鍵《かぎ》を開けて部屋に入った。居間に行くとポケットに入れていた携帯が鳴り出して、津奈木はすかさず操作して音を消してしまう。入れ違いにチャイムが連続で鳴り始める。

　冷え切って血の気を失っている体をあっためようとしてくれた津奈木が暖房とこたつを同時に使おうとした途端、また冗談みたいにブレーカーが落ちて、あたしは朝から付けっぱなしにしていた本部屋のあれこれを思い出した。

「アンペア上げなよ」固いこたつ敷き布団《ぶとん》を胸まで引っぱり上げる。

「東京電力に電話すればいいだけなんだってば」

　暗闇の中、津奈木は黙って携帯を開いた。天井までも届かないかすかな灯りが手元をぼんやり照らし出す。あたしは思わず三年間一緒に暮らしていた男の顔を脳裏に焼き付けようとしたけど、その青白い光があまりに弱々しくてどうしても覚えることができない。

　チャイムの間隔がどんどん狭まっている。扉への激しい殴打まで加わって、息をひそめるように寄り添うあたし達はもう一度昔みたいにやり直せそうな気がしてくる。この期《ご》に及んで自分の往生際《おうじようぎわ》の悪さに泣き笑いそうになる。

「……電気」思い出したように立ち上がった津奈木の背中を見上げながら、「あんた、ブレーカーあげるために停電にしてるわけじゃないよね」とあたしは尋ねた。津奈木は少しだけ考えたあと「そんなややこしいことしない」と静かに言い切った。

当たり前だ。

クビになるためにバイトするわけじゃないし、眠るために起きるわけじゃないし、別れるために恋愛するわけじゃないし、またあとで鬱になるために立ち直るわけじゃない。

振り返った津奈木があたしの頭をなでながら「でもお前のこと、本当はちゃんと分かりたかったよ」と言ってくれたのを聞いて、あたしはその手の中の携帯をそっと閉めてあげることにしたのだ。

あの明け方の

午前四時の都道14号線は昼間よりも空《す》いている。

この時間帯は信号にひっかかることも少なくなるから車のスピードも結構速い。排気ガスで汚れた空気を吸い込みながら、どっちの方向に行こうか迷ったあたしはマンションを出て左、調布方面へ歩いていくことにした。男の部屋に転がり込んでまだ一年も経《た》ってないから詳しい地理は分からないけど、この都道に沿えば迷うこともないだろう。ゴミ出し用のビーチサンダルが親指と人差し指の付け根に擦れて痛くて後悔したけど、もう戻らねえよという決意はすでに固まっている。

オレンジ色に照らされた道路は、一台一台高さや色が違う車の無数のライトで夜明け前とは思えぬ明るさだ。次々やってくる車を眺めながら、そのうち暇だから14号線沿いに並ぶ建物の法則でも見つけようとあたしは思いつく。ビルメンテナンスの事務所。ドミノピザ。材木屋。石屋。メルセデスベンツの専門店。職種も外観もみんな結構バラバラだ。法則があるとすればマンションやアパートはあるけど、一戸建てはないことぐらいか。やっぱり目の前がこんなにうるさくてせわしなくちゃおちおちマイホームを建てる気にもならないんだろう。

聞いたこともない金融会社の看板を歩道脇《わき》にあるフェンスごとがしゃがしゃ揺らして進んでいると、白く発光した自動販売機群の中に「ミルクをかけた苺《いちご》」というジュースを見つけて、ぎょっとしたあたしは思わず立ち止まる。イチゴ牛乳と何が違うんだ、これは。

飲もうか飲むまいか少し考えた末、結局また歩き出す。喉《のど》が渇いてるけど、いいんだ。どうせ自分の気持ちなんていつまでも持続しない。

いつの頃からか、あたしは自分に変な期待をできるだけ持たないようになった。だってたまたま旅先でいあわせた馬の出産に心から感動して生きる希望に満ちあふれても、その三日後には理由もなく絶望したり、そういうしょうもない現実をこれまで嫌というほど経験してきたのだ。今だってさっきまで飲んでいたビールで軽く酔っているから、淡い光を放つ月がああやって結構きれいに見えるだけで、そんなものはこちらの精神状態一つでどうとでも汚せてしまえる。月がきれいなんてなんのひねりもないただのイメージだ。しょうもない思いこみだ。反対車線で救急車がサイレンをうならせて走っていく。

ラーメン屋から漏れる鶏ガラスープの蒸気の中を突っ切って、三つ目の歩道橋を越えた先にしょぼめのスーパーがあって、その店先にはバイト募集の紙が貼《は》られていた。スーパーか、と呟《つぶや》いてみる。そんな仕事今までやったことないけど、ここなら家も近いし時給も高いしありなのかな意外と。

そこまで考えて貼り紙の前で止めていた足を再び動かす。駄目だ。やっぱりまだ働ける気がしない。二十三歳にして親にいくらかの借金があることをたとえばもっと恥ずかしいと思っていれば、働く意欲がわくんだろうか。でも、あたしは三十歳になっても、お年玉をもらいたい。親戚《しんせき》の子供より自分がお年玉をもらいたい。そうだ、気分が落ち込むからしばらくは何も考えなくていい。忘れよう、嫌なこと全部。こないだまた様子のおかしかった母親から「あんたのDNAはあんたの代で絶やしたほうがいいかもしれない」と意味深なメールが送られて来たことも、父親から「俺にもしなんかあったらお前がこっちに戻ってきて母さんの面倒みろよ」と電話口で真剣に言われたことも。

五つ目の信号を越えて、へたくそなイラストで猫の里親を募集している動物病院の前を通り過ぎたところでポケットの中の携帯が鳴った。

「……もしもし」

『もしもし？』

「何」

『今どこ』

後ろから走って来たバイクのエンジン音がうるさくて、あたしはとっさに通話の音量をあげてしまう。聞きたくもない男の声が少しだけ明瞭《めいりょう》になる。

「ごめん。今ちょっと、あんたと話したくないわ」

『……ファミレスにいるんじゃないの？』

「話したくないって」

電話の向こうで男が黙る。

「あのさ」またすぐそばを別のバイクが通り過ぎて、あたしは携帯にあててないほうの耳を中指で押さえた。「なんで早送りしたの？」

『……観《み》てないと思ったから』

「観てたよ」

『うん』

「あたしが松岡修造のことおもしろいと思って注目してるの、あんた知ってるでしょ？」

『知ってたけど、忘れてた』

「嫌いだから？」

『……あんまりあの人についてちゃんと考えたことがない』

「考えてよ」

『じゃあ、嫌いじゃない』

「じゃあって。何なのその上から目線。あんたに松岡修造の何が分かんの？」

『……ごめん。何も分かんない』

「もういい。切るわ」

『……うん』

携帯で話している間も歩き続けていたあたしはいつのまにか中の橋交差点まで来てしまっている。上を通っているのが首都高の上高井戸陸橋だ。標識にそう書いてある。電光掲示板にはオレンジ色の文字が表示されていて、信号待ちの間あたしはぼんやりそれを読んだ。11月16日1時〜6時（上）新宿出口工事通行止。（上）っていうのがなんのことなのか車を運転しない自分にはよく分からない。

車両用の信号が黄色から赤に変わる。でも今度は環状八号線からの車が次々滑り込んで来て、歩行者はまだ待たされたままだ。青のうちに何がなんでも渡ってやれと思っているのか、車の行き来はよくこれで事故が起こらないなと思うほど激しい。ようやく信号が変わって、あたしは横断歩道を渡ってそのまままっすぐ突き進むことにした。隣でずっと腿《もも》上げをしていたジョギング中のおじさんが、マラソン大会でスタートだけ張り切る子供みたいな走りで脇を駆け抜けていく。

タクシーに乗って行けるところまで行ってやろうか。パーカーのお腹《なか》のポケットに手を突っ込むと、ギザギザした袋の感触が指に刺さって、自分の所持品が携帯とこの柿ピーの袋一つだけだと思い出す。衝動的にマンションを飛び出したとはいえ財布くらいは持ってくるべきだったたし、この時期に上着を忘れたのも馬鹿《ばか》だった。今年の冬は珍しく関東でも大雪が降るかもしれないらしくて、もし本当だとしたらあたしはますます家から出なくなるだろう。寒さには昔から人一倍弱いのだ。でも今はまだこんなところでおめおめ戻るわけにはいかない、とあたしは手のひらにかすかに残っているベタついた感触を服にこすりつけながら家を飛び出すまでのやりとりを反芻《はんすう》する。

確かに録画しておいたビデオを早送りされてムカついて「ちょっとさ、さっきからあんた柿ピー馬鹿みたいに食べて、ボリボリボリボリうるさいんだけど」と言い出したのはおかしかったかもしれない。それに対して「ごめん」とあいつは謝った し、ちょうど口の中に入れてしまった柿ピーを歯で砕くことなく唾液《だえき》でなんとか溶かそうと努力もしていた。でもその音が漏れないように口を両手でおさえている様子があまりにも不憫《ふびん》で、あたしは思わず「嫌味たらしく被害者ぶりやがって！」と柿ピーをバラバラとあいつの眼鏡めがけて投げつけたのだ。何度も何度も。頭から柿ピーをかぶりながら、それでも辛抱強くしばらくテレビを観続けていたあいつは、さすがに我慢できなくなったのかソファから立ち上がって「……やめろよ。こんな節分みたいなこと」とあたしの手首をつかんだ。その手を振り払ったあたしは握りしめていた残りの柿ピーを勢いで思いきり投げつけて、そのままマンションを飛び出したのだ。自分でも何をそこまでムキになっていたのか分からない。わざと引き止められてうやむやに部屋に連れ戻されようかとも一瞬思ったけど、さっき自分が感じた憤《いきどお》りが「やっぱりその程度なんじゃん」とか思われるのが癪《しゃく》で、あたしはそのまま目の前の14号線に沿って歩いてみよう、となんとなく思いついたのだった。最初から白でよかったんじゃないのと思うほど塗装のはげ落ちた水色の歩道橋をのぼると、頭の上を走る首都高が天井みたいに手の届きそうな高さだ。車が通るたびタイヤの音が反響するので今にも崩れてトラックが落ちてくるんじゃないかと心配になる。シンナーの匂《にお》いがかすかにするのはスプレーでいたるところに卑猥《ひわい》な落書きがされているせいだろう。足元の14号線をギュンギュン走り抜けるトラック群を少しのあいだ歩道橋から見下ろしたあと、あたしは柿ピーをひと摑《つか》みしてそのまま道路に放り投げてみた。粘着性のある白と茶色の粉々がバラバラと手のひらから飛び散って、いろんな形の車のボンネットへ落下していく。

いきなりこんなものがフロントガラスに降ってきたら驚いて事故になるかなと一瞬思うが、14号線の車の流れに柿ピーで狂いが生じるはずもない。あたしの投げた柿ピーは無惨にタイヤに踏みつぶされて、目を凝らしてもグシャグシャどころか跡形すらなくて、ああもうなんだこれ微妙に虚《むな》しいじゃんか、っていうかあたしはそもそも14号線なんて名前は嫌いで環状八号線って名前のほうが好きだ、特に環状って響きが。と思っていたら、そのうち確かあの道路は環状とか言いながら別に丸く一本でつながっているわけじゃないんだ、ということにふと気づく。本当に輪になっているのは都心環状線という正式名称がある、首都高のほうだ。輪。ループ。そうだ、この空中を走っている道路はいずれ千代田区、中央区、港区を経由して、都心を中心にぐるぐる周回しているのだ。してるはずだ。前にあいつと一緒に高井戸のお気に入りの中華料理屋へチャーハンを食べにいった帰り、ここを家まで歩きながら説明された覚えがある。

あの時、二人揃《そろ》ってチャーハンってのもなんだからと五目ラーメンを頼んで「なんで中華料理屋のラーメンはあんまりおいしくないんだろう？」とか悔やんでいたあいつはこの昼夜問わず交通量の激しい道路を見上げながら、「なんか細胞っぽい」とたとえたんだった。つまり道路が毛細血管だとしたら、タクシーが赤血球でトラックが白血球で、内回りが動脈で外回りが静脈で……とかそんな感じだった気がする。ちょっと違うかもしれない。でもそれを聞いてあたしは「おっさんのくせに不思議な発言するな」とあの男のメルヘンチックぶりを非難したんだけど、たぶんあたしが今取りつかれてる「走っても走っても同じところに戻ってくる＝無意味」みたいなイメージよりは全然そっちのほうがマシだ。

何かもっと下らないことを考えたくなって、あいつに早送りされてしまった松岡修造のことを必死に頭に浮かべる。ビデオの中で、弱小女子バレー部にコーチとして呼ばれたテニスプレーヤーの松岡修造は二人一組で向かい合わせた女子高生達にバレーボールでトスをあげさせながら、その間を「ほらほら！ 気をつけろ、俺はバックもするぞ！」とか叫んで小走りで行ったり来たりしていた。本人は特訓してるつもりらしかったけど、いてもいなくても女子高生のトスに支障はなくて、あれは本当にくだらなかった。

でも結局この人の行動も「頑張ってるのは分かるけど無意味」という虚しい結果にたどり着いてしまう。

誰かと無性に馬鹿な話をしたくなったあたしは携帯の電話帳からたまたま目に入った男の名前を選んで、発信ボタンを押した。だいぶ前に付き合ってすぐ別れて以来、一度も連絡を取ったことなんかない昔の男だ。名前を見るまで全然思い出さなかったし、もうこの番号使われてないかもなと思っていたら呼び出し音につながって、かったるそうな男の声があくびと一緒に聞こえてきた。

『……誰？』

「もしもし。すごい久しぶりなんだけど。分かる？」

『……うおお、久しぶり。え、何。こんな時間に。なんかあった？』

「別になんもないんだけど。なんとなく最近どうしてるかなあと思って。ごめん、寝てたよね」

『寝てたっていうか……まあ、寝てたわ。朝だし』

「そうだよね。じゃあまた今度にするわ。ごめん起こして」

『いや、いいけど別に。だって今度とか言って絶対かけてこないでしょ自分』

「そうかも」

『え、何。え、っていうか何してんの、最近』

「うーん、なんだろう？　ヒモ？」

『マジで？　じゃああれだ。俺と別れたあと、ちゃっかり金持ちと付き合ってんだ』

「あんた寝起きなのによくそんなペラペラしゃべれるね。なんでそんなテンション高いの？」

『なんだろ。今、リチャードギアが隣に引っ越して来て、耳から変な毛が出てるから引っ張ってくれって頼むから引っ張ったら、どんどんギアがちっちゃくなってくっていう夢みてたから、そのせいかなあ』

「うわ、懐《なつ》かしい。相変わらずそんな変な夢ばっかみてんだ」

『マジで懐かしいね。なんか久しぶりだし今度飲んだりする？』

「いいけど……あんた忙しくないの？」

『うん。今月はそんなに。あ、でもなんかこないだ妹が結婚するとかで一回俺も地元戻って来いとか言われてるけど』

「嘘《うそ》。結婚すんの、あんたの妹。だってまだ若いでしょ？　歳離れてたよね結構」

『二十三……二十四？　でも相手の男、スーパーゼネコンで俺と同い歳らしいよ』

「何。スーパーゼネコンって」

『俺もよく分かんないんだけど。でもゼネコンだけでもなんかすごいのにスーパーゼネコンってもう魔人じゃん。こないだうちの親父《おやじ》とお袋、政治家とかよく行く料亭に呼び出されたらしくて、相当ビビってたよ。俺、長男だからめちゃくちゃ肩身狭くてさあ』

「あんたも結婚しろとか言われてんの？」

『言われてるよ。でも田舎と東京って時間の流れとか完全に違うじゃん。こっちで三十過ぎて独身とか全然当たり前だし、なんであっちの人間ってあんなすぐ結婚すんのかな』

「親孝行だと思ってしてあげればいいんじゃない」

『いねえよ、相手』

「あれ。あの女子バレーでセンターに立ってそうな彼女は？」

『変なたとえすんなよ。そんなん別れたよ、とっくに』

「そうなんだ」

『なあ』

「何」

『あれだったらヨリ戻す？』

「……あれだったらって何」

『今の男とあんまりうまくいってないから俺に電話してきたのかと思って』

「違うけど」

『今どこにいんの？』

「環八の、首都高らへん」

『角にステーキ屋ある？』

「ああ、あるね」

『はいはいあそこね。じゃあ今から会う？』

「じゃあの意味が分かんない。あんた仕事は？」

『夕方に入ればいいし。そこならバイクで二十分くらいで迎えに行けるけど』

「会って何すんの？」

『飲んだりすればいいんじゃん』

「うーん……ちょっと考えるわ。五分後にまたメールします。アドレス変わってないよね」

『はいはい』

「起こしてごめん」

『ごめんとか謝ってる時点でたぶんもう会わないってことでしょ自分』

「分かんないけど。ちょっと考える。またメールするよ」

強めに押し付けていた携帯を耳から離して、あたしは昔付き合っていた男とこれから会うかどうかについて考えてみる。会って飲むくらいなら別にいいだろう。でも会って飲んでなんとなく雰囲気でセックスしないとは言い切れない。そしたらあたしはそのままこの男とヨリを戻して、スーパーゼネコンの旦那《だんな》と妹に「義理の姉になるかもしれないからよろしく」とか挨拶《あいさつ》する可能性もあり得るんだろうか？　今日のビデオのことがきっかけであいつと別れて？

歩道橋の上から、もう一度柿ピーを14号線に投げつける。摑めるだけ摑んで大量にばらまいたけど、やっぱり車の流れは少しも変わらない。あたしはパーカーのポケットから携帯を取り出すと『やっぱ会うのやめとく。許してちょ』というメールを打って、昔の男に三秒で送信した。それから歩道橋の階段を降りた先で着信履歴の一番上の番号へ発信して、相手が出るのを待つ。

『……もしもし』

「後悔した？」

『したよ』

「じゃあ迎えに来ていいよ」

『今どこ？』

「環八までまっすぐ突っ切って向かい側渡ったとこ。竜宮城みたいな変な老人ホームの駐車場が見えるからそこにいる。かなり歩いてるから遠いよ」

『分かった』

「最速でね」

これでもうすぐあいつがママチャリを漕《こ》いであたしを迎えに現れるだろう。タクシーで帰ったほうが全然楽だけど、あたしをここまで迎えに来なきゃいけないって苦労込みで松岡修造のことを水に流すのだ。ということにしておく。

サイズの合わないビーチサンダルをペタペタいわせながら、あたしは帰ってからパジャマに着替えて歯を磨いてコンタクトを外して一緒のベッドに寝るあいつと自分を想像してみる。ビデオのことでケンカせずに家を飛び出さなかったかもしれない自分達に用意されていた朝と、こうして家出までして結局迎えにこさせてる今と結局どこが違うんだろう、とか考えてみる。でもたぶんどこも違わない。寝て起きて明日になれば、あたしが意地を張って足が痛くなるまで歩き続けたことなんて何もなかったことと全然変わらないのだ。

しばらく待っていると、あいつがママチャリをかっ飛ばして老人ホームにやって来て、その頃には少しだけ空から夜の色も抜け始めて、カラスが鳴いている。だだっ広い駐車場を突っ切ってあいつがどんどんこっちに近づいて来て、正面玄関の階段に座っているあたしの目の前で自転車のペダルから片足をおろす。息が乱れて、頭には変な寝癖がついている。「ずっと歩いてたの？」と聞かれたあたしは「悪い？」と立ち上がりながら言い返した。「あんたは。何してたの？」

「……心配して起きてたけど。でも最後のほうはいつのまにかちょっと寝てた」

「死ねバカ」

ぐるりと向きを変えたママチャリの荷台に横座りする。「行くよ」と声がして、バランスがとれずに少しふらついたあと、自転車は老人ホームの駐車場をゆっくり発進した。まっすぐ14号線沿いに出たあたし達はさっきより増え始めた車の波と競い合うように走る。高低差のある歩道を上り下りするたびお尻《しり》が飛び跳ねて痛い。でもスピードが出てるぶん、体にあたる空気は歩いていた時よりもひんやりして気持ちいい。

あっというまにさっき通りすぎた自動販売機が見えてくる。ブレーキの軋《きし》む音とペダルが回る音を交互に聞きながら、あたしはふと月のことを思い出して顔を上げた。濃紺の空に丸い輪郭が分かるものの、もう酔いの覚めた自分にはただののっぺりした白い物体にしか見えなくて、あの時はなんであんなものをきれいだと思えたんだか、やっぱり全然分からない。たぶんもうじき明け方だということを差し引いたとしても。

「あのさ」と前から声をかけられる。風を受けているせいで聞き取りづらくてあたしは「何」と大声で聞き返した。

「コンビニ寄ってく？」

「家になんもないの？」

「チキンラーメンなら」

「じゃあそれでいい」

「卵ないけど」

トレーナーから生乾きの匂いをさせた男の猫っ毛の髪の中に、柿ピーが一粒だけ潜り込んでいるのを発見して、あたしはそれを落とさないように指でつまんだ。

「いいけど。あんたのラーメンいっつも汁少ないから、絶対水多くして作ってよ」

解説

仲俣暁生

若い女の小説家が書いた作品、それも一人称で書かれた作品となれば、ほとんどの場合、「恋愛小説」と相場が決まっている。「恋愛小説」の正確な定義はよくわからないけれど、「主人公がなんらかのかたちで恋愛というシチュエーションに置かれている小説」としておこうか。とにかく、若い女が書いたそういう小説には商品価値があることになっている。

ひと昔、いや、ふた昔前には「対《つい》幻想」(by吉本隆明)なんて言葉が流行《はや》ったこともあるくらいだから、「恋愛」は一種の幻想であるに違いない。けれども、恋愛という幻想が成立するためには、ひとつだけ条件がある。それは当事者同士が「二者完結」(ヘンな用語だけど)した状態にある、ということだ。恋愛の本質とは、色恋の快楽という側面より、そのような完結性がもたらしてくれるユートピア性にあるんじゃないか、とさえ思う。もちろんユートピアは、その語源どおり、実際はどこにも存在しない場所なのだが、存在しないからこそユートピアは求められ続ける。だから恋愛小説は、いつまでも書き続けられ、読み続けられるのだ。

恋愛中のカップルは、それ以外の世の中に対して「閉じて」いる。恋愛中の男女が世間と、いや、自分たち以外の世界すべてとさえ対立してしまう、というのはきわめて古典的なメロドラマの手法だが、それなりに有効だった。少なくともこれまでは。

だが、恋愛の危機は思わぬところからやってきた。自己完結した人間の増大である。高度消費社会とか、高度情報化社会とか、つけようと思えばいろんな理由をつけられるのだろうが、とにかく、そういう人間が存在しうる条件が社会の側で整ってきたのである。

自己完結している人間は、恋愛というシチュエーション抜きで世界に対して「閉じる」ことができる。だから、わざわざ「二者完結」などという、メンドクサイ状態を他人との間に構築する必要がない。つまり自己完結できる人間は恋愛をしないのである。少なくとも、ふつうの意味での恋愛は。

本書の表題作である本谷有希子の中編『生きてるだけで、愛。』は、自己完結した人間がここまで増えてしまった時代における、恋愛の不可能性を描いた小説である、とひとまずは言うことができる。

高校時代に「まつ毛と鼻毛以外」、全身の体毛をすべてそり落としたことがあり、「ムラのあるテンションとたまに飛び出す奇行が玉にキズ」と自覚している板垣寧《やす》子《こ》25歳がこの小説の主人公だ。レジ打ちのバイトをしていたスーパーで、同僚の安っぽい恋愛劇に巻き込まれたことに腹を立て、「何もかもが嫌になって」「怒鳴って怒られて」クビになった寧子は、以来、鬱《うつ》状態が続いている。

三年前に押しかけたまま成り行きで同棲《どうせい》している津奈木という彼氏のマンションで、三日も風呂《ふろ》に入らなくても平気なまま、寧子は「過眠症」と称して毎日惰眠を貪《むさぼ》っている。男が自分に振り向ける労力をケチっている、と寧子は、津奈木のひとつひとつの言動に対して憤《いきどお》るのだが、合コンの席で出会い、とくに意気投合したわけでもないのに成り行きでつきあい始めたときから、津奈木はそういう男だった。

そんな男とわかっていながらつきあい始めた自分が、「妥協におっぱいがついて歩いている」ようなものであることを、寧子自身もよくわかっている。でもそれって、本当に恋愛なんだろうか。「恋愛小説」を読み慣れた読者は当然、そんな疑問をもちながらこの小説を読み進むことになる。自分たちが演じている日常も、この二人の場合とどこか似ているな、とも思いつつ。

『生きてるだけで、愛。』は、ふつうの「恋愛小説」の枠から、かなりはみ出ている。それは本谷有希子が劇作家であることと、大いに関係があると思う。

御存知のとおり、本谷有希子は「劇団、本谷有希子」という演劇ユニットの主宰者だ。自分の名を劇団名に冠しているのは、固定の団員をもたない、いわゆるプロデュース方式の演劇ユニットであり、主宰者以外にメンバーがいないからだが、もうひとつ、劇作家・演出家として、「自意識との距離」をしっかりとるためでもある。つまり「本谷有希子」とは、きわめてフィクショナルな存在なのだ。小説の世界に置きかえてみれば、本名で書く作家とペンネームで書く作家がいるなかで、「本名をペンネームにしている」作家がひとりだけ混じっているようなものである。

劇作家としての本谷有希子の資質は、彼女の書く小説にも色濃く出ている。それは『腑《ふぬ》抜けども、悲しみの愛を見せろ』や『乱暴と待機』のような、劇作から派生した小説の場合だけではない。この『生きてるだけで、愛。』はある意味で、それら以上に本谷有希子という表現者における「演劇」と「小説」の関係を明瞭に示している作品だと私は思う。その意味で、まぎれもなく本作は傑作である。

互いの領分を決して侵さない寧子と津奈木の関係は、卵二つでつくった目玉焼きのように、それぞれの核をしっかり守ったまま、白身であやふやに繋《つな》がっている状態と言えばいいだろうか。しかも寧子の黄身は半熟で、まだグチュグチュしている。卵の黄身は「自我」というか、「本当の自分」みたいなものだ。直接、黄身と黄身が触れるとものすごく危険なので、緩衝地帯として神様は白身というものを発明したのだろうが、寧子はできれば黄身と黄身が直接に激突しあうようなかたちで人と付き合いたい。寧子は自分の「味の濃さ」に辟易《へきえき》していると言いながらも、相手にも同じくらい濃い「黄身」を期待せずにいられない、そんな女なのだ。

寧子の自己完結システムは、津奈木の元カノである安堂という女の登場によって、外側からあっけなく解体される（ちなみに安堂という女は、きわめて「劇団、本谷有希子」の芝居の登場人物的な女である）。「妥協におっぱいがついて歩いている」ような女である寧子は、安堂に強要され、家族的な雰囲気のイタリア料理店で働きだす。「鬱なんていうのは寂しいからなるに決まっている」と店長の母親に本質をズバリ言い当てられることで、寧子はうっかりこの世界に染まりそうになる。「相田みつを」的世界観との、いわば「未知との遭遇」が演じられるこの場面が、『生きてるだけで、愛。』というドラマの最初のクライマックスだ。しかし寧子は、この世界に安住することができず、文字どおり「暴走」する。

本谷有希子の作品には小説・劇作を問わず、思いこみの烈《はげ》しい激情型・メンヘル型の女が暴走する、というシチュエーションがしばしばみられる。だがこれは、たんなる自虐《じぎゃく》ネタではない。「自己完結」だろうが「二者完結」だろうが、「相田みつを」的世界における「家族的完結」だろうが、とにかく内に向かって「完結」しようとするダイナミズムに対する破壊的な逆行なのだ。自意識過剰で自己完結しがちだからこそ、寧子はときおり奇行によって心のバランスをとらなければならなくなるのである。

津奈木と暮らすマンションの部屋は、しばしば停電する。寧子は繰り返し、津奈木に対し、「アンペアを上げなよ」と言う。でも、本当はアンペアを上げなくちゃならないのは寧子のほうだ。リミットを越えてほとばしる激情が、寧子を奇行に走らせる。電気のアンペアを上げるのなら東京電力に頼めばすむが、心のアンペアはどうやって上げればいいのだろう？

　この小説が優れているのは、津奈木という男の造型にある。コンパで出会って即座に「こんなつまらない人間がいるわけない」と寧子は感じるが、やがて自分のどうしようもない「味の濃さ」を中和してくれる津奈木の「味のなさ」に「子供のようにしがみついた」ことを自覚する。寧子的な「味の濃さ」を演劇表現の、津奈木的な「味のなさ」を小説という散文表現の特徴と考えるとわかりやすい。自分と同じような「黄身」だけが他人だと思いこんでいたけれど、じつは「白身」という形で存在する他人もいる、ということを寧子は悟る。寧子は知らず知らず、自分の心のアンペアを上げてくれることまでも、津奈木に期待していたのだ。

　この物語を、はたして「恋愛小説」と呼んでいいのだろうか。

　味の濃い「黄身」と、あまりに淡泊に思える「白身」とが、ある一瞬においては理想的なユートピアを形成することがありうる。そのことが示されている点で、この作品は恋愛小説としても十分に成り立っている。

　でも、古典的な恋愛劇が（あるいは「セカイ系」と呼ばれた一種の現代小説が）「恋人たち」対「世界」という対立構図を基本としているのとは反対に、この小説では、寧子と津奈木は、自我という殻のなかに閉じこもっているだけで、じつは社会とは少しも「対立」していない。なにしろ「妥協」は寧子の得意技である。寧子が対立しているのは社会とではなく、自分自身となのだ。だから寧子はいう。

「いいなあ津奈木。あたしと別れられて、いいなあ」

でも「あたし」は「あたし」と一生別れることができない。

自意識という牢獄《ろうごく》を牢獄と感じなくなることが主題である点で、やはりこの小説は「恋愛小説」以上のなにかである。さらに、津奈木という「白身」的・「散文」的人物を生み出したことで、本谷有希子の小説につきまとう過剰な演劇性を相対化しえた、記念すべき作品でもあるのだ。

表題作でも、その小さな反復とでも言えそうな同時収録の短篇「あの明け方の」でも、作者によって強く肯定されているのは、決して「恋愛」という甘い幻想などではない。それはタイトルの指し示すとおり「生きる」ことと「愛する」ことだ。『生きてるだけで、愛。』が葛飾北斎の『富嶽《ふがく》三十六景』——しかもそのなかでひときわ激しい「神奈川沖浪裏《なみうら》」——をモチーフにしているのは、たんなるギミックではない。「五千分の一秒」というわずか一瞬の間に、富士山と葛飾北斎との間で起きた奇跡的な出来事は、「恋愛」という名で呼ぶのではもの足りない、もっと激しいものだ。

本谷有希子はそれを求めて止《や》まない。ここに彼女の「本気」を見て取ることができなかったら、その人の目は節穴である。

（二〇〇九年一月、文芸批評家）

この作品は平成十八年七月、新潮社より刊行された。

夏目漱石著
明暗
妻と平凡な生活を送る津田は、かつて将来を誓い合った人妻清子を追って、温泉場を訪れた——。近代小説を代表する漱石未完の絶筆。

夏目漱石著
文鳥・夢十夜
文鳥の死に、著者の孤独な心象をにじませた名作「文鳥」、夢に現われた無意識の世界を綴り、暗く無気味な雰囲気の漂う、「夢十夜」等。

夏目漱石著
坑夫
恋愛事件のために出奔し、自棄になって坑夫になる決心をした青年が実際に銅山で見たものは……漱石文学のルポルタージュ的異色作。

夏目漱石著
硝子戸の中
漱石山房から眺めた外界の様子は？　終日書斎の硝子戸の中に坐し、頭の動くまま気分の変るままに、静かに人生と社会を語る随想集。

夏目漱石著
道草
健三は、愛に飢えていながら率直に表現できず、妻のお住は、そんな夫を理解できない。近代知識人の矛盾にみちた生活と苦悩を描く。

夏目漱石著
彼岸過迄
自意識が強く内向的な須永と、感情のままに行動して悪びれない従妹との恋愛を中心に、エゴイズムに苦悩する近代知識人の姿を描く。

安部公房著
壁
戦後文学賞・芥川賞受賞

突然、自分の名前を紛失した男。以来彼は他人との接触に支障を来し、人形やラクダに奇妙な友情を抱く。独特の寓意にみちた野心作。

安部公房著
飢餓同盟

不満と欲望が澱む、雪にとざされた小地方都市で、疎外されたよそ者たちが結成した〝飢餓同盟〟。彼らの野望とその崩壊を描く長編。

安部公房著
第四間氷期

万能の電子頭脳に、ある中年男の未来を予言させたことから事態は意外な方向へ進展、機械は人類の苛酷な未来を語りだす。SF長編。

安部公房著
水中都市・デンドロカカリヤ

突然現れた父親と名のる男が奇怪な魚に生れ変り、何の変哲もなかった街が水中の世界に変ってゆく……。「水中都市」など初期作品集。

安部公房著
R62号の発明・鉛の卵

生きたまま自分の《死体》を売ってロボットにされた技師の人間への復讐を描く「R62号の発明」など、思想的冒険にみちた作品12編。

安部公房著
人間そっくり

《こんにちは火星人》というラジオ番組の脚本家のところへあらわれた自称・火星人――彼はいったい何者か？　異色のSF長編小説。

伊丹十三著
ヨーロッパ退屈日記
この人が「随筆」を「エッセイ」に変えた。本書を読まずしてエッセイを語るなかれ。一九六五年、衝撃のデビュー作、待望の復刊！

伊丹十三著
女たちよ！
真っ当な大人になるにはどうしたらいいの？　マッチの点け方から恋愛術まで、正しく、美しく、実用的な答えは、この名著のなかに。

伊丹十三著
再び女たちよ！
恋愛から、礼儀作法まで。切なく愉しい人生の諸問題。肩ひじ張らぬ洒落た態度があなたの気を楽にする。再読三読の傑作エッセイ。

伊丹十三著
日本世間噺大系
夫必読の生理座談会から八瀬童子の座談会まで、思わず膝を乗り出す世間噺を集大成。リアルで身につまされるエッセイも多数収録。

石井妙子著
おそめ
—伝説の銀座マダム—
かつて夜の銀座で栄光を摑んだ一人の京女がいた。川端康成など各界の名士が集った伝説のバーと、そのマダムの華麗な半生を綴る。

宇野千代著
おはん
野間文芸賞受賞　女流文学者賞受賞
妻と愛人、二人の女にひかれる男の情痴のあさましさを、美しい上方言葉の告白体で描き、幽艶な幻想世界を築いて絶賛を集めた代表作。

内田百閒著
百鬼園随筆
昭和の随筆ブームの先駆けとなった内田百閒の代表作。軽妙洒脱な味わいを持つ古典的名著が、読やすい新字新かな遣いで登場！

内田百閒著
第一阿房列車
「なんにも用事がないけれど、汽車に乗って大阪へ行って来ようと思う」。借金をして一等車に乗った百閒先生と弟子の珍道中。

内田百閒著
第二阿房列車
百閒先生の用のない旅は続く。弟子の「ヒマラヤ山系」を伴い日本全国を汽車で巡るシリーズ第二弾。付録・鉄道唱歌第一、第二集。

内田百閒著
第三阿房列車
百閒先生の旅は佳境に入った。長崎、房総、四国、松江、興津に不知火と巡り、走行距離は総計1万キロ。名作随筆「阿房列車」完結篇。

江國香織著
きらきらひかる
二人は全てを許し合って結婚した、筈だった……。妻はアル中、夫はホモ。セックスレスの奇妙な新婚夫婦を軸に描く、素敵な愛の物語。

江國香織著
つめたいよるに
愛犬の死の翌日、一人の少年と巡り合った女の子の不思議な一日を描く「デューク」、デビュー作「桃子」など、21編を収録した短編集。

江國香織著
ホリー・ガーデン

果歩と静枝は幼なじみ。二人はいつも一緒だった。30歳を目前にしたいまでも……。対照的な女性二人が織りなす、心洗われる長編小説。

江國香織著
ぼくの小鳥ちゃん
路傍の石文学賞受賞

雪の朝、ぼくの部屋に小鳥ちゃんが舞いこんだ。ぼくの彼女をちょっと意識している小鳥ちゃん。少し切なくて幸福な、冬の日々の物語。

江國香織著
号泣する準備はできていた
直木賞受賞

孤独を真正面から引き受け、女たちは少しでも前進しようと静かに歩き続ける。いつか号泣するとわかっていても。直木賞受賞短篇集。

江國香織著
雨はコーラがのめない

雨と私は、よく一緒に音楽を聴いて、二人だけのみちたりた時間を過ごす。愛犬と音楽に彩られた人気作家の日常を綴るエッセイ集。

江國香織著
犬とハモニカ
川端康成文学賞受賞

恋をしても結婚しても、わたしたちは、孤独だ。川端賞受賞の表題作を始め、あたたかい淋しさに十全に満たされる、六つの旅路。

江國香織著
ちょうちんそで

雛子は「架空の妹」と生きる。隣人も息子も「現実の妹」も、遠ざけて——。それぞれの謎が繙かれ、織り成される、記憶と愛の物語。

川上弘美著

おめでとう

忘れないでいよう。今のことを。今までのことを。これからのことを――ぽっかり明るくしんしん切ない、よるべない十二の恋の物語。

川上弘美著

ニシノユキヒコの恋と冒険

姿よしセックスよし、女性には優しくこまめ。なのに必ず去られる。真実の愛を求めさまよった男ニシノのおかしくも切ないその人生。

川上弘美著

センセイの鞄

谷崎潤一郎賞受賞

独り暮らしのツキコさんと年の離れたセンセイの、あわあわと、色濃く流れる日々。あらゆる世代の共感を呼んだ川上文学の代表作。

川上弘美著

古道具 中野商店

てのひらのぬくみを宿すなつかしい品々。小さな古道具店を舞台に、年の離れた4人のもどかしい恋と幸福な日常をえがく傑作長編。

川上弘美著

パスタマシーンの幽霊

恋する女の準備は様々。丈夫な奥歯に、煎餅の空き箱、不実な男の誘いに喜ばぬ強い心。女たちを振り回す恋の不思議を慈しむ22篇。

川上弘美著

なめらかで熱くて甘苦しくて

それは人生をひととき華やがせ不意に消える。わきたつ生命と戯れながら、恋をし、産み、老いていく女たちの愛すべき人生の物語。

黒柳徹子著
新版 トットチャンネル
NHK専属テレビ女優第1号となり、テレビとともに歩み続けたトットと仲間たちとの姿を綴る青春記。まえがきを加えた最新版。

倉橋由美子著
大人のための残酷童話
世界中の名作童話を縦横無尽にアレンジ、物語の背後に潜む人間の邪悪な意思や淫猥な欲望を露骨に焙り出す。毒に満ちた作品集。

幸田　文著
きもの
大正期の東京・下町。あくまできものの着心地にこだわる微妙な女ごころを、自らの軌跡と重ね合わせて描いた著者最後の長編小説。

幸田　文著
父・こんなこと
父・幸田露伴の死の模様を描いた「父」。父と娘の日常を生き生きと伝える「こんなこと」。偉大な父を偲ぶ著者の思いが伝わる記録文学。

幸田　文著
流れる
新潮社文学賞受賞
大川のほとりの芸者屋に、女中として住み込んだ女の眼を通して、華やかな生活の裏に流れる哀しさはかなさを詩情豊かに描く名編。

幸田　文著
おとうと
気丈なげんと繊細で華奢な碧郎。姉と弟の間に交される愛情を通して生きることの寂しさを美しい日本語で完璧に描きつくした傑作。

彩瀬まる著
あのひとは蜘蛛を潰せない

28歳。恋をし、実家を出た。母の〝正しさ〟からも、離れたい。「かわいそう」を抱えて生きる人々の、狡さも弱さも余さず描く物語。

西加奈子著
窓の魚

私たちは堕ちていった。裸の体で、秘密の心を抱えて——男女4人が過ごす温泉宿での一夜と、ひとりの死。恋愛小説の新たな臨界点。

西加奈子著
白いしるし

好きすぎて、怖いくらいの恋に落ちた。でも彼は私だけのものにはならなくて……ひりつく記憶を引きずり出す、超全身恋愛小説。

いしいしんじ著
ぶらんこ乗り

ぶらんこが得意な、声を失った男の子。動物と話ができる、作り話の天才。もういない、私の弟。古びたノートに残された真実の物語。

窪　美澄著
よるのふくらみ

幼なじみの兄弟に愛される一人の女、もどかしい三角関係の行方は。熱を孕んだ身体と断ち切れない想いが溶け合う究極の恋愛小説。

窪　美澄著
トリニティ

織田作之助賞受賞

ライターの登紀子、イラストレーターの妙子、専業主婦の鈴子。三者三様の女たちの愛と苦悩、そして受けつがれる希望を描く長編小説。

円城　塔著
これはペンです

姪に謎を掛ける文字になった叔父。脳内の仮想都市に生きる父。芥川賞作家が書くこと読むことの根源へと誘う、魅惑あふれる物語。

舞城王太郎著
阿修羅ガール
三島由紀夫賞受賞

アイコが恋に悩む間に世界は大混乱！同級生は誘拐され、街でアルマゲドンが勃発。アイコはそして魔界へ!?今世紀最速の恋愛小説。

向田邦子著
寺内貫太郎一家

著者・向田邦子の父親をモデルに、口下手で怒りっぽいくせに涙もろい愛すべき日本の〈お父さん〉とその家族を描く処女長編小説。

向田邦子著
思い出トランプ

日常生活の中で、誰もがもっている狡さや弱さ、うしろめたさを人間を愛しむ眼で巧みに捉えた、直木賞受賞作など連作13編を収録。

向田邦子著
男どき女どき

どんな平凡な人生にも、心さわぐ時がある。その一瞬の輝きを描く最後の小説四編に、珠玉のエッセイを加えたラスト・メッセージ集。

向田和子著
向田邦子の恋文

邦子の急逝から二十年。妹・和子は遺品から、若き姉の〝秘め事〟を知る。邦子の手紙と和子の追想から蘇る、遠い日の恋の素顔。

新潮文庫の新刊

隆慶一郎著
花と火の帝（上・下）
皇位をかけて戦う後水尾天皇と卑怯な手を使う徳川幕府。泰平の世の裏で繰り広げられた呪力の戦いを描く、傑作長編伝奇小説！

一條次郎著
チェレンコフの眠り
飼い主のマフィアのボスを喪ったヒョウアザラシのヒョーは、荒廃した世界を漂流する。愛おしいほど不条理で、悲哀に満ちた物語。

大西康之著
起業の天才！
―江副浩正 8兆円企業リクルートをつくった男―
インターネット時代を予見した天才は、なぜ闇に葬られたのか。戦後最大の疑獄「リクルート事件」江副浩正の真実を描く傑作評伝。

徳井健太著
敗北からの芸人論
芸人たちはいかにしてどん底から這い上がったのか。誰よりも敗北を重ねた芸人が、挫折を知る全ての人に贈る熱きお笑いエッセイ！

永田和宏著
あの胸が岬のように遠かった
―河野裕子との青春―
歌人河野裕子の没後、発見された膨大な手紙と日記。そこには二人の男性の間で揺れ動く切ない恋心が綴られていた。感涙の愛の物語。

帚木蓬生著
花散る里の病棟
町医者こそが医師という職業の集大成なのだ――。医家四代、百年にわたる開業医の戦いと誇りを、抒情豊かに描く大河小説の傑作。

生《い》きてるだけで、愛《あい》。

新潮文庫　も－35－1

平成二十一年三月一日発行
令和六年十二月二十日十一刷

著者　本《もと》谷《や》有《ゆ》希《き》子《こ》

発行者　佐藤隆信

発行所　株式会社 新潮社

郵便番号　一六二―八七一一
東京都新宿区矢来町七一
電話 編集部(〇三)三二六六―五四四〇
読者係(〇三)三二六六―五一一一
https://www.shinchosha.co.jp

価格はカバーに表示してあります。

乱丁・落丁本は、ご面倒ですが小社読者係宛ご送付ください。送料小社負担にてお取替えいたします。

印刷・大日本印刷株式会社　製本・加藤製本株式会社

ISBN978-4-10-137171-9　C0193